伯爵家の秘密

ミシェル・リード 作

有沢瞳子 訳

ハーレクイン・ロマンス

東京・ロンドン・トロント・パリ・ニューヨーク・アムステルダム
ハンブルク・ストックホルム・ミラノ・シドニー・マドリッド・ワルシャワ
ブダペスト・リオデジャネイロ・ルクセンブルク・フリブール・ムンバイ

THE SPANISH HUSBAND

by Michelle Reid

Published by Harlequin Japan,
a Division of K.K. HarperCollins Japan, 2024

ミシェル・リード

5人きょうだいの末っ子としてマンチェスターで育つ。現在は、仕事に忙しい夫と成人した2人の娘とともにチェシャーに住む。読書とバレエが好きで、機会があればテニスも楽しむ。執筆を始めると、家族のことも忘れるほど熱中してしまう。

主要登場人物

キャロライン・ニューベリー……………古美術品の売買仲介者。
サー・エドワード・ニューベリー………キャロラインの父親。
ルイス・アンヘレス・デ・バスケス……多国籍企業グループの総帥。伯爵。
カルロス・デ・バスケス…………………ルイスの父親。故人。
コンスエラ・デ・バスケス………………カルロスの妻。ルイスの伯母。
フェリペ・デ・バスケス…………………コンスエラの息子。ルイスの異母弟。
ビト・マルチネス…………………………ルイスの友人。
ペドロ………………………………………バスケス家の執事。

1

キャロラインはいらだちを募らせながらゆっくりと部屋を横切り、テラスに面した窓辺に立った。だが、優雅な二間続きのスイートルームから見えるプエルト・バヌース港の景観には目もくれず、きびすを返して、落ち着きなく腕時計を見た。

父は八時と約束したのに、もう九時だ。「夕食の着替えをする前に、ちょっとぶらぶらして昔なじみの場所を見てくる。この前来たときからどう変わったか知りたいんでね」

父はマルベーリャが気に入っている。昔は、夏になるとたいてい家族でここに来たものだ。このリゾート地を熱心に探訪したがる気持ちはわかる。わからないのはひとりで出かけた理由だ。

「困らせないでくれ、キャロライン」たちまち心配顔になった娘を、父は諭した。「手とり足とり世話してもらう必要はない。もちろん監視役も不要だ。頼むから少しは信用してくれ。軽はずみなことはしないと約束しただろう」

そう言われて信用することにしたのだ、と思い返し、キャロラインは苦笑した。何かあったのではないかと心配でたまらず、過保護な母親のように部屋を行ったり来たりしているのだから。

父が期待を裏切るはずはない。あれほどはっきり約束したのだし、今わたしたち親子にとって父がしっかりしてくれることがどんなに大事かわかっているはずだもの、前みたいなまねをするわけがない。

だったらどこにいるの？　頭のなかで皮肉な声があざける。ずっと出かけたままよ。あの人を長い時間好きにさせたら、何をしでかすかわからないというのに。

「もうまったく」ふいにいてもたってもいられなくなり、キャロラインは小さなベルベットのイブニングバッグをつかんでドアに向かった。

またあの悪い癖を満足させるために出かけたのなら許せない。彼女はエレベーターのボタンを力まかせに押した。

そもそもこんなところに来たくはなかったのだ。この場所、というより、この場所がもたらすつらい記憶がいやだった。そのことは父も知っている。

最後に二人でここを訪れたのは七年前。プライドをずたずたにされ、胸のつぶれる思いを味わった。そして二度と来ないと心に誓ってこの地を去った。

それなのにまたやってきたばかりか、あのときと同じホテルに泊まり、よりによっていちばん足を踏み入れたくない場所に父を捜しに出かけようとしている。

カジノ。キャロラインは心のなかで苦々しげにつぶやき、エレベーターに乗りこんで一階のボタンを押した。あの忌まわしいカジノに行けば、父はあっというまに大金を失うに決まっている。

考えてみれば、父が出ていってから少なくとももう二時間がたつ。二時間もあれば数千ポンド失うことも可能だ。ひと晩なら身ぐるみはがれるだろう。

七年前もそうだった。

ドアが閉まりかけたとき急に吐き気がこみあげ、キャロラインはエレベーターの壁にもたれた。そこへ、ぐいとさしこまれた手がドアをこじ開けた。しなやかな身のこなしで乗りこんできたのは、仕立てのいい黒のディナースーツに蝶《ちよう》ネクタイをしたスペイン系の男性だった。背が高く、浅黒い肌をしている。キャロラインは姿勢を正した。

「割りこんで申し訳ない」少し訛《なまり》のある英語でつぶやき、さっと向きを変えてほほ笑みかけた男性は、キャロラインを見たとたん、笑みをひっこめた。

「いえ、大丈夫です」

エレベーターが下降しはじめた。キャロラインは男性の目が自分に釘《くぎ》づけになっているのは知っていたが、気づかないふりをして視線を落とした。こんなふうに見つめられるのは初めてではない。生まれつきのブロンド、ほっそりした曲線美、すらりとのびた脚が、男性の目を引きつけるのだ。視線を落とす前に気づいたが、そばに立つ見知らぬ男性はハンサムだった。

だがエレベーターのなかで男性とおしゃべりする気分ではないし、ほかの場所でもそんな気分になるかどうか疑わしい。男性を近づけなくなってもうずいぶんになる。

このマルベーリャでルイスとつきあったのが最後だった。

ここへ来る前にルイスのことは考えまいと心に決めた。マルベーリャが突きつけるほかのつらい思い出とともに、彼のことは遠い過去に葬ったのだから。それに、長身で肌が浅黒く、ルイスによく似たこの男性と何かが起こる可能性などないに決まっている。

そんなわけで、エレベーターが止まったときは、話しかけようともせずにただ見つめつづける男性の視線から逃れられるのがありがたかった。そして数秒後には、彼のことなどすっかり忘れ、メインロビーに続く狭い階段の上から、人込みのなかに父の姿を捜していた。

ここはマルベーリャのプエルト・バヌース港でも一等地に立つ高級ホテルのひとつだ。以前は、昔風の威厳に満ちたたたずまいが、キャロライン親子を含む上流階級の客を引きつけていた。

だがオーナーが替わり、大幅に改装されて営業を再開したばかりの今は、このリゾート地きっての格調高さを誇りつつ、前よりはるかに洗練された五つ星の高級ホテルになっている。

客層も変わった。高額の宿泊料が払えるのだから裕福であることは疑いもないが、行儀の悪い、社会的地位をあまり意識しない客が増えた。

そういう自分自身もずいぶん変わったと思う。昔は、どんなホテルのスイートルームに泊まっても、宿泊料に疑問を感じたことなどなかった。

ところが最近は、高すぎると思うばかりか、それだけの金額を稼ぐためには何時間働かなければならないか計算までする始末だ。

実際、近ごろはお金のことばかり考えている。お金が足りない。先祖伝来の屋敷にかかる維持費が彼女の頭を悩ませているのだ。

キャロラインは、ロビーに集う人の群れのなかに、ひときわ目立つ父のすらりとした長身を捜しつづけた。二百年にわたってハイブルックの荘園《しょうえん》屋敷で暮らしてきたニューベリー家が、これからもその屋敷に住みつづけられるかどうかは、今この瞬間父が何をしているかにかかっている。

どうやらここにはいないようだ。キャロラインは内心の不安をまったくうかがわせない優雅さで階段を下り、フロントに自分宛《あて》の伝言が残されていないかどうかききに行った。

伝言はなかった。父は昔の知人と出会い、時間を忘れて話しこんでいるのかもしれないと、はかない期待を胸にラウンジバーに行ってみたが、これもあてがはずれた。こうなると捜す場所はあとひとつしかない。

キャロラインは厳しい表情で階段に向かった。七年前のことを知らない人にはわかってもらえないだろうけれど、この階段を下りるには勇気がいる。地階に下り立ち、飾りつけ以外あのころとほとんど変わっていないのを見て、かすかに体が震えた。地階にもロビーがあり、左向きの矢印が設備の完備したジム、美容サロン、室内プールを指しているのも昔のままだ。

右側の扉は、汚れのない視線から内部を隠すようにしっかりと閉められている。それも当時と同じだ。

しかし、扉にかかった表札は〝汚れのない〟にはほど遠い。光沢を抑えた金文字で〝カジノ〟と記されているのだから。

これこそ、父にとって昔から大のお気に入りの遊技場だ。絶望と背中合わせの興奮をかきたて、カードをはじき、さいころを転がし、ルーレットをまわす音に大金か破産かの可能性がひそむ場所。

もし父が誘惑に負けて興奮を求めに行ったとしたら、この扉の向こうにいるのはまず間違いない。キャロラインはいやいやながら扉に向かった。

「がっかりしますよ」外国訛のなめらかな声がゆったりとつぶやくのが聞こえた。

驚いて振り返ると、エレベーターで乗りあわせた男性だった。すらりとのびた上背、浅黒い肌。たしかに魅力的だ。そんなはずはないのに、どこかで会ったことがある気がする。おそらく、気味が悪くなるほどルイスによく似ているからだろう。年齢も、体つきも、スペイン人と思われる髪や目の色までそっくりだ。

「え、今何か？」ルイスに初めて会ったのもこのロビーだった。こんなふうに不安な思いでうろうろしていたとき、ルイスにほほ笑みかけられた。

「カジノのことですよ。ここは十時に開くんです。来るのが早すぎましたね」

思わず腕時計を確かめると、まだ九時十五分だった。キャロラインはほっとし、見知らぬ男性にほほ笑んだ。カジノが開いていないとなれば、父がここに入りこんで、屋敷を維持するためのわずかな可能性を摘みとっているわけがない。

その瞬間、父を疑い、腹を立てて、無実の罪を着せたことが申し訳なく思えてきた。

「カジノが開くまで、バーで一緒にワインでもどうです？」

笑顔が誤解されたようだと気づいて、キャロラインは頬を染めた。エレベーターでは知り合いになるのをうまく避けたつもりだったのに、きついしっぺ返し、百万ワットのほほ笑みを向けられるというしっぺ返しが戻ってきた。

キャロラインはそっけなく言い返した。「お誘いはありがたいんですけど、連れがいますので」

「あなたの父上、サー・エドワード・ニューベリーのことですか？」

「父をご存じなの？」キャロラインは警戒した。

「お会いしたことがあります」男性はほほ笑んだ。だがキャロラインをぞっとさせる笑みだった。彼は彼女の知らない何かを知っていて、しかもその中身をばかにしているような笑いだ。

あるいは彼女の父親をばかにした笑いだったかもしれない。

「ついさっきロビーでお見かけしました。エレベーターに向かっておられたが、ずいぶんお急ぎの様子でした」またしても顔に笑みが浮かぶ。

「ありがとうございます、教えていただいて」丁寧に礼を言って立ち去ろうとしたキャロラインは、驚いたことに手首をつかまれた。

「そう急ぐことはないでしょう。もっとお近づきになりたいな」

快活で調子のいい言い方だが、手首のつかみ方は強引だ。キャロラインの頭のなかで警報が鳴りはじめた。無理に振りほどこうとしたら、なおさら強く握られそうだ。

なんていやな男。キャロラインは決めつけた。ハンサムな顔にゆったりと自信に満ちた態度、力ずくで相手の自由を奪いながら自分の魅力を利用するやり方がいやらしい。

　この手の感触も。エレベーターを降りたときからずっと尾行し、地階で二人きりになるのを待って近づいてきたのも気に入らない。

　それに、厚かましくもこんなふうに人を押さえつけるほど自信満々の相手に畏縮《いしゅく》する自分自身にも腹が立つ。

「手を放してください」

　男性はいっそう強く彼女の手首をつかんだ。「でもこのまま行ってしまったら、ぼくがどうしてきみの父上と知りあったか、もっと大事な、どこで知りあったかが、わからなくなってしまいますよ」

「どこなんですか？」思わずきいてから、目の前にわざと人参《にんじん》をぶらさげられたことに気づいた。

「一緒にワインを飲んでいただけるなら、お教えしましょう」

　キャロラインのなかで本能は別の方向へ行けと命じているのに、そっちへ行かずにはいられないほどおいしそうな人参だった。

　怒りがこみあげてきた。こんな脅しに乗ると思ったら大間違いだ。「あなたとの出会いが忘れられないものなら、父はわたしにそう言ったはずだわ。そろそろ失礼します」キャロラインは手を引き抜き、振り返りもせずに肩をいからせて階段をのぼっていった。

　だがロビーの人込みを抜け、エレベーターに乗りこむまで、不安は消えなかった。彼が現れないままドアが閉まったときは、ようやくほっとできた。

　手首がまだうずいている。見ると案の定、きれいな白い肌が青紫に変色しかかっている。彼はいったい誰？　あんな誘い方が許されると思っているとしたら、父と何か関係があるに違いない。

　スイートルームに戻るなり、キャロラインは父の部屋へ直行したが、激しくノックして開けたドアの向こうに父の姿はなかった。一度帰ってきて、また出かけたようだ。

床に服が脱ぎ散らかされている。よほど急いで着替えたらしい。

わたしを避けるため？　だとしたら理由はひとつしかない。

またレールを踏みはずしたのだ。

激しい怒りに襲われ、床に落ちていたズボンをひったくってベッドに投げようとしたとき、ポケットから紙を丸めたものが落ちた。拾いあげると、レシートの束だった。

おそるおそる広げてみたキャロラインは、動くことはおろか、しばらくはまともに頭も働かなかった。やがて気持ちを落ち着け、父がマルベーリャに持ってきた衣類のポケットの中身をすべて慣れた手つきで丁寧に点検しはじめた。

そして十分後には、石になったように部屋のまんなかで宙を見つめて立ちつくしていた。この計算書から判断するかぎり、二人がここへ来てまだ二十四時間にもならないのに、父は早くも十万ポンド近くをギャンブルにつぎこんだことになる……。

ルイス・バスケスはハイテクを装備したコントロールルームの窓辺に立ち、最近買収して彼のホテルチェーンのひとつに加わったホテルのカジノを見下ろした。

窓からカジノは見えるが、カジノからコントロールルームのなかは見えない造りになっている。背後で、目つきの鋭い警備係がケーブルテレビの画面を通して厳しい監視を続けている。窓はカジノ全体を監視する二次的手段にすぎない。

こんなふうに自分の目でカジノをチェックするのがルイスは好きだった。自分で確認できるものしか信じられないのは、かつて本物のギャンブラーだったせいだ。今や状況は変わり、生活のためにギャンブルをする必要はなくなった。富と力はおろか、ちょっとやそっとでは手に入らない自尊心という深い満足感も得た。

ルイスの眉根が寄った。自尊心を手にしたからといって、ただちに人から尊敬されるわけではない。彼はすぐにでも人々からの尊敬をかち得たいと思っている。

ホテルの警備主任、ビト・マルティネスが近づいてきた。「娘は部屋に戻り、父親はカジノのバーに今着いた」

「緊張しているか？」

「ぶんぶん音が聞こえるほどだ。機は熟した」ぶっきらぼうな言い方に、ニューヨークのストリート・チルドレン上がりという育ちの悪さがはっきり表れている。

ルイスはうなずき、窓から目をそらした。いつものことながら、彼が何を考えているかその表情からはさっぱり読みとれない。相手を完膚なきまでたたきのめすポーカー専門のギャンブラーだったことを考えれば当然だろう。

「彼がテーブルに着いたら、知らせてくれ」ルイスは部外者立ち入り禁止のコントロールルームを出て、黒とクリーム色の優雅な大理石の床を横切り、別の部屋に入った。

パソコンの電子音が響くコントロールルームと違って、ここは分厚いクリーム色の絨毯《じゅうたん》に針が落ちても聞こえそうなほど静まり返っている。調度品は豪華で、モダンな黒い漆塗りと革の家具がクリーム色の壁に映え、単純なのにはっとするほど印象的だ。

表情同様、この部屋にも持ち主の人間性を示すものは何もない。だが、黒いデスクの背後の壁にかかった黒い額縁の絵だけは違う。

この部屋のほかのものと同じように、絵もひどく単純で、蠍《さそり》の輪郭が白い背景に淡い金色で描かれているだけだ。蠍は凶器の尾を今にも打ちおろそうと体の上に振りあげている。

一見しただけで血が凍りそうだ。凶器の尾の真下にあるのはルイス・バスケスの椅子だが、蠍が狙《ねら》っているのは彼ではなく、不運にもその正面に座る人物なのだから。

言いたいことははっきりしている。刃向かうやつは打ち殺す、だ。

それが彼のシンボルマーク、ロゴというわけだ。少なくともそのひとつであることは間違いない。かつてこの金色の蠍のマークは、ルイス・バスケスがかかわるすべてのものを飾っていた。彼も当時より賢くなり、今では個人的な理由で蠍の絵だけこの私室に残している。つまり、冷静に優しく話しかけるルイス・バスケスといえども、今なおまがまがしい尾の一撃があるのだと、ここに呼びだされた人物に悟らせるためだ。

ところが最近は、新しいロゴのほうが有名で、それがこの十年間サービスのよさと快適さで国際的な評価を得てきた高級ホテルチェーンの名前となった。

その名前とはエンゼル・ホテル。ルイス・アンヘレス・デ・バスケスのエンゼル・ホテル。なるほど、アンヘレスは英語のエンゼルスで、エンゼルには親切で正直で誠実というイメージがある。

しかし、〝エンゼル〟はおかしい。まさに誇大広告の見本ではないか。彼のホテルの本当のセールスポイントは付属のカジノにあるのだから。

蠍のほうがずっと正直にルイス・バスケスの本質を表しているると言えるかもしれない。

蠍の絵の下にある座り心地のいい回転椅子に腰を下ろしたルイスは、引き出しの鍵《かぎ》をあけ、革表紙のファイルを出してデスクの上に置いた。

だがすぐには開かず、椅子にもたれて、指先でこつこつとデスクをたたいた。

ハンサムな顔のなかで、謎《なぞ》めいた黒っぽい目が輝く。浅黒い肌、高い頬骨、鼻、輪郭のはっきりした顎、くっきりした美しい口元。すべてスペイン系の特徴をそなえているのは、育ちこそアメリカだが血は純粋なスペイン人だからだ。

これだけ多くの長所があっても、今なお冷静なギャンブラーの顔を保っている。心が冷たい、面白みに欠ける、どんなにプレッシャーを感じていてもずる賢い頭に酸素を送りつづける強心臓の持ち主。そう酷評される男の顔だ。

デスクをたたいていた指先が急に止まり、革表紙を開いてファイルをぱらぱらとめくった。捜していたものはすぐに見つかった。書類からそれを抜きとり、ファイルの上にきちんと重ねる。そのとたんルイスは目を光らせ、十八センチ×二十三センチのカラー写真――キャロラインの写真を見つめた。

実った麦のような髪の色、アメジスト色の目、このうえなく繊細で美しい顔。世知に長《た》けた三十五歳の男性ルイス・バスケスといえども、これだけの女性は見たことがない。しみひとつない肌や、筋の通ったかわいい鼻、美しい曲線を描く顎の線もすばらしい。だがいちばん惹《ひ》かれるのは、温かみのあるふっくらしたピンクの唇だ。この唇に何ができるかはすでに知っている。

ルイスにとってもうひとつの強みである忍耐力を発揮して、ぎらぎらする目にいつもの冷静さをとり戻したのは、ある予測があったからだ。自ら設定した目標に対して、彼にははてしなく忍耐できる能力がそなわっている。

次の目標はキャロラインだ。成功する自信はある。内心では、彼女はもう自分のものだと思っている。そばに彼女の写真を置いていても、基本的にそれを忘れて分厚いファイルの残りの書類に目を通すことができるのは、この自信があるからだ。

書類のほとんどは請求書だった。最終要求払い約束手形、銀行ローンの抵当流れ通告書、財物抵当権証書、そしていちばん悲惨な、いまだ返済されていないギャンブルの借金の長いリスト——古いのもあれば新しいのもある。ルイスはひとつずつ順に目を通し、細部まで記憶に焼きつけては傍らにどけるという作業を繰り返した。

突然、デスクのコンソールパネルが点滅を始めた。ルイスはボタンを押した。

「どうした?」

「彼女が下りてきた。父親のほうは大金を賭《か》けてプレイしている」ビト・マルティネスからだ。

「わかった」

ルイスは写真も含めた書類全部を手際よくファイルに戻し、引き出しにおさめて鍵をかけた。

コントロールルームに戻ると、ビト・マルティネスはまだ窓辺に立っていた。ルイスはビトが顎をしゃくった方向に目をやった。

ルーレットテーブルのひとつで、年齢のわりにはすらりとした体形のサー・エドワード・ニューベリーが大量のチップを賭けている。一見いつものように非の打ちどころがないけれど、顔に浮かんでいるのは異常な興奮状態の一歩手前の表情だ。こうなったら、悪魔にさえ魂を売り渡しかねない。

ビトが言ったとおり、そろそろ機は熟した。

カジノの入口に注意を向けたまさにそのとき、キャロラインが姿を現した。

ルイスのなかのすべてが動きを止めた。

最後に会ってから七年になるのに、ほとんど変わっていない。あの髪、あの目、あのすばらしい肌、そして傷つきやすそうな上唇とふっくらした下唇。あの唇が、見た目同様味わってもすばらしいことはわかっている。みごとなデザインの黒いドレスに包まれた体の線も、今なお崩れていない。

スペイン生まれの婚外子ルイス・バスケスの心に、家柄も育ちも崇拝の的である彼女の禁断の果実を所有したいという欲望がふくれあがった。名前からして人どは違う。ミス・キャロライン・オーロラ・セランダイン・ニューベリー……。ルイスは舌の上で静かにその名を味わった。彼女には歴史の本を読むにも似た家系、エリート階級独特の素養、王族さえうらやむ大邸宅がある。

ニューベリー一族に自らを貴族とみなす権利を与えるのはこういうものだ。彼らに受け入れられるには、少なくとも特別の人間でなければならない。貴族が落ちぶれはて、えり好みする余裕がなくなった今でさえ、血統の善し悪《あ》しは相手が注目に値する人物かどうかを測るものさしらしい。

不安そうに父親を捜すキャロラインの顔は緊張で真っ青になっている。カジノの雰囲気になじめないのだろう。そういえば、前からこういう場所が好きではなかった。

ルーレットがまわりはじめたとき、彼女が父親の姿に気づいた。みるみる体がこわばっていく。形のいい下唇を噛《か》みしめて歩きだし、父親の二歩ばかり後ろで立ち止まった。そして次に何をすればいいかわからないとでもいうように、ほっそりした体の前で指を組んだ。

キャロラインが本当にしたかったのは、父親の首根っこをつかまえ、カジノから引きずりだすことだった。それを思いとどまらせたのは貴族の血だろう。上流階級では、どんな状況下であれ人前で醜い騒ぎを起こすのはご法度なのだ。家計が危機に瀕《ひん》し、父親がまさに犯罪まがいのことをしていても。

ルーレットが止まった。黒の偶数。サー・エドワードの負けだ。ゆうべ遅くマルベーリャに着いて以来、負けつづけている。

父の不満そうな様子を見て、傍目《はため》にもはっきりわかるほどキャロラインが落胆した。

「パパ……」

たしなめるつもりか、キャロラインが父親のタキシードの袖《そで》に手をかけたとき、ルイスには彼女の気持ちが手にとるようにわかった。

もう勝ち目はない。サー・エドワードはギャンブル熱になかば正気を失っている。いったんそうなったら、たとえ身ぐるみはがされ、借金するはめになっても、あきらめはしないだろう。

ルイスが期待するのは〝借金〟のほうだ。

最初こそはっとして申し訳なさそうに振り向いたサー・エドワードが、やがて腹立たしげに娘の手を払いのけ、またしてもテーブルにチップの山を置いた。キャロラインには、玉が黒か赤のどちらに着地するかで五千ポンドの金の行方が決まるのを見守るしかなかった。


黒。また負けだ。

キャロラインはもう一度やめさせようとしたが、またもやあえなく退けられた。美しい目にうっすらと涙がにじむのを見て、さすがのルイスも拳《こぶし》を握りしめずにはいられなかった。彼女が救いを求めるようにカジノに群がる人たちに目を向けたのは、よほど困っていたからに違いない。

そのとき、なんの予告もなしにキャロラインがコントロールルームを見上げた。信じられないほど美しい目があまりにも正確に自分に向けられ、ルイスは息をのんだ。

ビトも同じだった。「まいったな」

ルイスは筋肉ひとつ動かさなかった。マジックミラーに阻まれて、こっちが見えるはずはないとわかっていても、やはり……。

涙に光るその目にわれを忘れた瞬間、全身に小刻みな欲望の震えが走った。喉は動きを止め、激しい緊張に胸が詰まる。キャロラインのふっくらした唇が耐えきれない絶望感にゆがみ、ぴくぴくと震えはじめたとき、ルイスの全身はふいに薄い静電気の層に包まれた。

小さく、みずみずしく、官能的な唇……。

「今度は勝った」傍らでビトが静かにつぶやいた。

視界の片隅に、サー・エドワードが勝ち誇ったように拳を宙に突きだすのが映った。だがルイスはキャロラインから目が離せなかった。彼女は、勝つのも負けるのに劣らず悪いといった顔つきでぼんやりと立ちつくしている。

ふいにルイスは窓から向き直った。「下へ行ってくる。ここを出ていくときにそなえて、準備しておいてくれ」

声にもしぐさにも内心の動揺はみじんも表さず、ルイスは大股に立ち去った。

「よし!」うれしそうに叫んだかと思うと、サー・エドワードが振り向き、娘を抱きしめた。「二連勝だ。あと二回勝つぞ、ダーリン」彼はすっかり舞いあがり、怖いほど目をぎらつかせている。

「お願い、パパ、勝っているあいだにやめてちょうだい。こんなこと――」ばかげていると言おうとしたのだが、父にさえぎられた。

「興醒《ざ》めなことを言うんじゃない。今夜はついている。おまえも見ただろう?」賭け金清算係がサー・エドワードのほうへチップを押しやろうとしたとき、彼は娘を解放してテーブルに向き直った。「そいつを賭けてくれ」

キャロラインは、せっかく獲得した金がそっくりくだらないルーレットの賭け金になるのを、なすすべもなく見守るしかなかった。

客が台のまわりに集まってきた。ルーレットが回転しはじめると、興奮した話し声がとだえ、しんと静まり返った。運命と欲望のダンスを踊る小さな象《ぞう》牙《げ》の玉を、キャロラインは息を詰めて見守った。

心のなかでは怒っていた。怒りでおかしくなってさえいた。だが人前で騒ぎを起こすようなしつけは受けていない。そうわかっている父は、それをありがたく武器として利用するのだ。自分はひどいことをしながら娘の善良さをあてにする。サー・エドワードにはそういう面があった。

いかにも誠実そうな約束にだまされつづけ、ようやくキャロラインは父の言葉を信じたら不幸になるだけだと悟った。やがてルーレットがゆっくりと回転を止めた。

人生のすべてを犠牲にして闘いつづけることには疲れはてた。またもやこんな目にあわせる父を、今度ばかりは許せそうにない。

しかし今は、悪夢が自由に暴れまわることのできるこの場所で、いちばんの悪夢のなかに封じこめられ、途方に暮れて見つめることしかできないのだ。

これでルイス・バスケスが目の前に現れれば、悪夢は完成する。

稲妻に二度も直撃されるかのような悪夢。彼女は身を震わせた。

誰かがすぐ背後に立った気配がした。ほんのかすかにだが、襟足に温かい息を感じる。しかしキャロラインは、憎らしい小さな玉と、その玉が仕切りから仕切りへ飛び越えるたびにたてるリズミカルな音に神経を集中させた。

部屋の空気がぴんと張りつめ、期待が募り、異様なにおいが充満する。こうなったら麻薬と同じだ。もう誰にも抵抗できない。

「よし！」無謀な賭け金が倍になったとき、同時に打ち鳴らされた百個のシンバルさながら、勝ち誇ったサー・エドワードの声が耳に響いた。

周囲に集まってきた見物人たちは彼の幸運に歓喜しているが、キャロラインはしおれた花のようにしょげ返った。胸の奥で心臓が暴れている。吐き気がこみあげ、めまいがしてきた。どうやら実際に体が揺れていたらしく、誰かがウエストに腕をまわして支えてくれた。優しく引き寄せられるまま後ろに立つ人物のたくましい体にもたれかかったのは、それだけ体が弱っていた証拠だろう。

キャロラインはぼんやりと考えた。もうおしまい、父はせっかく勝ちとったものをすっかり失うどころか、借金をこしらえるまでやめないつもりだ。父が勝つとは思えない。父のような人をギャンブルにかりたてるのは、勝つことではない。ただ遊びたいから遊ぶ。結果などどうでもいいのだ。勝利はつきがまわってきたことを意味する。だから、つきが逃げていっても、また巡ってくるまで勝負を続けるというわけだ。

見知らぬ人の胸にもたれかかっていることにふと気づき、キャロラインは急いで背筋をのばした。少し身を離してから、相手の腕のなかで体をひねり、冷静な声で丁寧に言った。「ありがとうございました。でもわたし……」

言いかけた言葉が喉で凍りついた。肺が機能を停止し、息もできない。完全に孤立した世界に幽閉されたように、懐かしい真っ黒な瞳を見つめたまま、彼女はその場に立ちつくした。

「やあ、キャロライン」ルイス・バスケスが穏やかに挨拶《あいさつ》した。

2

心臓がひっくり返り、それから早鐘のように打ちはじめた。「ルイス……」キャロラインは思わずつぶやいたが、そんなはずはない、と心のなかで否定した。この場所と父の異様さがルイスの思い出と強く結びついているせいで、恐怖心が幻覚を呼びだしたのだろうか。「いいえ、そんなはずはないわ」彼女は声に出して言った。

「申し訳ないが、ぼくだよ」ゆったりした口調に乾いた笑いがにじんでいる。

だが目は笑っていない。ショックで麻痺《まひ》した感覚が、めまいのしそうな苦痛に変わった。

「お願い、放して」

「いいとも」すぐに手は離れた。

なぜかキャロラインは、彼女の要求に応《こた》えてくれたルイスと、地階で会ったとき同じ要求を完全に無視した例の男性を比べていた。

ルイスを思い出させた男性。ひと目で嫌いになった男性。でもルイスは……。

「お父さんにつきがまわってきたようだ」

「そうかしら」

キャロラインはそれ以上ルイスを見ていられなかった。見ていると傷つくから。彼は、妄想、策謀、欺瞞《ぎまん》、裏切りなど、気がおかしくなった父を巡って学んだ嫌悪すべきものすべての象徴だ。

身を翻して逃れようとしたとき、キャロラインは、カジノ側を負かした男に祝福の言葉をかけに来た人々の肘に突き飛ばされそうになった。ルイスがとっさに腕をまわして守ってくれた。

いやおうなく体が密着したせいで、昔の記憶が鮮やかによみがえる。キャロラインは途方に暮れた。二人はかつて恋人同士だった。お互いに相手の体は知りつくしている。マルベーリャにふたたびやってくるとは、まったくばかなことをしたものだ。おかげで人々にとり巻かれ、身動きできない状態に置かれるというひどい罰を受けるはめになった。

そう思うとつい腹が立ち、それが声に出た。「今でもギャンブルで生活しているの、ルイス?」辛辣《しんらつ》なまなざしを彼に向ける。「自分のカジノにプロがまぎれこんだのを知ったら、経営者はどうするかしらね」

ルイスは眉をひそめた。「ひょっとして脅しのつもりかい?」

脅し? キャロラインは自分に問いかけた。ルイスを断固ここから追いだすためには、経営者にひと言耳打ちすればいい。でも……。

「ちょっとそう思っただけよ」彼女はため息をついた。父のことを考えたら、ルイスを批判する資格はなかった。

「なるほど。じゃあ答えよう。答えはノーだ。ゲームをするためにここにいるんじゃない」

キャロラインは聞いていなかった。胸がどきっとするような考えが浮かんだのだ。「ねえ、ホテルの経営者に父のことを耳打ちしたら、これ以上ゲームをしないよう父を止めてくれるかしら?」

「どうして? お父さんはプロじゃない。悪い癖が妄想にまで高じた一般人にすぎないだろう」

「でも自滅的レベルだわ」

震えるキャロラインの背中をルイスの手が優しく慰めた。彼は父を知っている。知りすぎている。

「ギャンブルなんか大嫌い」キャロラインはささやいた。できることならここから出ていって、何事もなかったふりをしていたい。だけど、父がニューベリー家を完全に破滅させる前に、なんとかばかげたギャンブルをやめさせなければ。

「ぼくにお父さんを止めてほしいと頼んでいるのかい?」

キャロラインの目が彼の目とぶつかった。「できると思う?」

ルイスは答える代わりに、おめでとうを告げる人の輪のなかから姿を現したキャロラインの父親に視線を向けた。「サー・エドワード」

言ったのはそれだけだ。声を高めたわけでも、挑戦的に言ったわけでもなく、たったひと言呼びかけたにすぎない。しかし、興奮のざわめきを一瞬静める効果はあった。

父がさっと振り向く気配を感じて、キャロラインのうなじに寒けが走った。ルイスに抱きしめられていたので顔は見えなかったが、それからしばらく続いた沈黙に、父親のショックの大きさがわかった。

だがサー・エドワードの回復は早かった。「これはこれは、ルイスじゃないか。意外だな……」

イートン校で学び、つねに自分の価値を意識するようにしつけられたサー・エドワード・ニューベリーの純正英語には、キャロラインをぎくりとさせる皮肉と軽蔑《けいべつ》が含まれていた。

ルイスはたじろいだりしなかった。苦笑を浮かべただけだ。「そうですね。七年たって、またお会いしました。同じ時間に、同じ場所で」

「運命だな」

運命にほとんどすべてを支配されているとキャロラインは思った。不幸な運命、残酷な運命に。

「今夜はつきに味方されているようですね。カジノの金が底をつくほど巻きあげたんでしょう?」

「いや、まだだ。しかし時間の問題だな」サー・エドワードの声が急に生き生きしてきた。

父の目に宿っているはずの欲深いきらめきを自分の目で確かめるために、キャロラインはルイスの腕のなかで向きを変えた。そして、自分の顔をかすめた父の視線のなかに子供じみた怒りがにじんでいるのに気づいた。今夜の仕打ちが娘をどんなに傷つけたか、わかっているのだ。それなのに喧嘩《けんか》腰で反抗している。

キャロラインは絶望に押しつぶされそうだった。

「これまでにどのくらい勝ったとお思いですか？」

ルイスが興味深げに尋ねた。

「数えたらつきが落ちる。きみも知っているじゃないか」

「しかし、本当についてらっしゃるなら、わたしと一対一の勝負はいかがです？　今までの儲《もう》けを次の勝負にお賭《か》けになりませんか。あなたの勝ちなら、わたしは倍額支払います。さらにそれを賭けてわたしとポーカーをやりましょう。考えてもみてください、いちかばちかの大勝負ですよ」

キャロラインは抗議の声をあげたが、ルイスに無視された。これで父を止めたつもりだろうか？　七年前の裏切りも含めて、こんなに裏切られたと感じたのは生まれて初めてだ。

「だめよ」彼女はささやき、ルイスの誘いに応じないよう目で父親に訴えた。

しかし、もはやサー・エドワードの頭に娘の存在はなかった。キャロラインには父の考えていることが手にとるようにわかった。これまでに稼いだ金額を計算し、それを二倍して、その答えをさらに二倍してから、命とりになる相手だとキャロラインでさえ知っているルイスと勝負し、すべての問題をこのすばらしい夜に解決しようというつもりなのだ。

「いいとも」うろたえる娘の前で、彼は待機していた賭け金の係を振り返り、落ち着いた口調で言った。

「それを全額賭けてくれ」

ルーレットがまた回転しはじめた。

背後からキャロラインの頭越しにルイスがゲーム

の行方を見守っている。一家の生活は風前のともしびだというのに、目の前の父は表面的には平静で、結果にはまったくこだわっていないようだ。決着がつくのを待つあいだ、カジノ全体は水を打ったように静まり返った。だが、サー・エドワードが同じ色で四度続けて勝つと信じた人はひとりもいなかっただろう。

キャロラインとて信じていなかった。「絶対にあなたを許さないわ」彼女はルイスの手を振りほどいた。

ルイスは逆らわなかった。彼女の真後ろに立ったまま身じろぎもしない。ほかの人たちもその場を動こうとせず、いまいましい玉が仕切りから仕切りへと飛びはねるのを見つめている。

これ以上最悪な展開があるだろうか。ここに来るべきではないとわかっていたから、救いを求める場所としてマルベーリャはもっともふさわしくないと、何度も父に言ってきたのに。

やけになっていた父には、娘の話を聞く余裕などなかった。やけになった男は無謀な行動に出るものだ。「選択の余地はないんだ」父は決まってそう答える。「うちの借金を肩代わりした金融会社はマルベーリャにある。彼らは当人が行かなければ話し合いに応じてくれない。行くしかないんだよ、キャロライン」

「ギャンブルの借金はどうなるの？　強欲な金融会社はそれも全部肩代わりしてくれるのかしら？」

父は罪の意識に赤面したが、ついで不機嫌になった。欠点を指摘されたとき、彼はいつもそういう態度をとる。「問題を解決する気があるのかないのか、どうなんだ？」

解決する気はあった。でも、こんな方法でではない。ばかげたルーレットの台にすべてを賭けるなんて、とんでもない話だ。

またためまいがしてきた。しだいに回転がゆるやかになるルーレットに絞りだされるように頭のなかから血がにじみ出る。そのとき、ルーレットが止まった。部屋中が静まり返り、息をのむ緊張の一瞬、誰もが身じろぎひとつしなかった。

やがてサー・エドワードが静かに言った。「どうやらわたしの勝ちらしい」

キャロラインは言葉もなく、わき返る見物人たちをあとに部屋を出た。

父がいくら稼いだのかわからない。いつルイスとポーカーの勝負をするのかもどうでもいい。惨めな思いをするのはもうたくさんだ。こんな場所には二度と来たくない。

説得されてここへ来た自分自身にも腹が立つ。父が約束を守るはずはないと気づくべきだった。父は自分さえ楽しければ、家族がどうなろうとかまわないのだ。

背後でカジノのドアが閉まった。キャロラインは目を光らせ、口を引き結んだ。体を硬くして吹き抜けの階段へ向かう。スイートルームに戻るつもりだった。だが、父が破滅への道を進むのを部屋で漫然と待つわけにはいかない。気がつくといつのまにか地階のロビーを横切り、カジノの反対側にあるもうひとつのドアへ向かっていた。

時間が時間だからプールは閉まっているだろうと思っていたが、ドアに鍵《かぎ》はかかっていなかった。ライトは最低限に落とされ、プールの照明だけがガラスのように静かな青い水面を照らしている。見たところ、ほかには誰もいない。

キャロラインはほとんど何も考えずに靴を脱ぎ捨て、ファスナーを下ろしてドレスを脱いだ。それを近くの椅子の背にひっかけ、鮮やかに水中に飛びこむ。

なぜそんなことをしたのか、自分でもわからない。

ブラジャーとショーツばかりか、黒いストッキングとガーターまでつけて飛びこんだことも気にならなかった。キャロラインはメダルを狙《ねら》う選手のように力強く水をかいた。

ドレスをかけた椅子の隣の席にルイスが座っているのに気づいたのは、四往復目を泳いでいるときだった。キャロラインは冷ややかに彼を無視し、きれいなターンで折り返した。

六往復目に入っても、ルイスはまだそこにいた。八往復目もそうだった。十往復目にかかるころには胸が張り裂けるほど苦しくなり、息を整えるために休まずにはいられなくなった。タイル張りのプールサイドに腕を重ね、そこに額をのせて荒い息づかいが静まるのを待つ。

「泳いで気分はよくなったかい?」

ルイスに声をかけられ、キャロラインは顔を上げた。「いいえ。あなたは? のぞき見して気分はよくなった?」

「きみは、このプールを使うたいていの女性より身につけているものが多いんだね」

「紳士なら、その違いに気づいた瞬間、出ていったはずよ」

「あいにく、ぼくは紳士じゃないものでね。きみも知ってのとおり」

紳士ではないことをルイスに認めさせたのが、キャロラインはなぜかうれしかった。

「父はどこ?」

「金の計算中じゃないかな。もう泳ぎはおしまいかい? それとも、ぼくが服を脱いで一緒に泳ぐのを期待しているのか?」

「もう上がるわ」キャロラインは即座に答えた。彼がためらいもなく服を脱いで一緒に泳ぎかねないことは過去の経験からわかっている。

キャロラインはターンして、いちばん近い梯子《はしご》まで潜水で泳いだ。

　水面に顔を出すと、ルイスが大きな白いタオルを持ってプールサイドに立っていた。どこから持ってきたのだろう。でも、そんなことはどうでもいい。

　キャロラインは梯子を上がり、よけいな感情がまじらないよう口調に注意しながら丁寧に礼を言ってタオルを受けとった。

　ルイスは当然それに気づいた。「ずいぶん冷静なんだな」

　キャロラインはタオルをサロンのように体に巻きつけた。「あなたのことが大嫌いで、軽蔑しているからよ。わかった？」体をかがめて濡《ぬ》れた髪を絞る。

「まいったな。髪を拭《ふ》くのに、もう一枚タオルを持ってきてほしいかい？」

　キャロラインは顎まであるボブカットの髪を手で梳《す》き、頭を振って後ろに払った。泳いだせいで化粧はほとんど落ち、マスカラがしみになって磁器のように白い顔を汚している。

「あなたからは何も欲しくないわ、ルイス。だってあなたの考える親切は、さしだされた手を切り落とすことですもの」

「では……」ルイスは黒いシルクの夜会ズボンのポケットに両手を入れた。「ぼくが切りとったあの手はきみの手だったのか？」

　その話はしたくなかった。キャロラインは椅子にかけたドレスをとり、冷たく言った。「わたしは部屋に戻るわ。さようなら、ルイス。また会えてうれしかったと言いたいところだけど、言えば嘘《うそ》になるから……」

　去り際の完璧《かんぺき》な台詞《せりふ》になるはずだった、ルイスが台なしにしなければ。

「何か忘れていないかい？」

　キャロラインは立ち止まり、けげんな顔で振り向いた。長身で引きしまった体つきのルイスは真っ青なプールを背にして立っていた。セクシーな魅力に女性なら誰でも胸が締めつけられるだろう。

キャロラインも例外ではなかった。そして、ルイスという人間をよく知っていながらその彼に心を動かされる自分がつくづくいやになった。

「バッグと靴だよ」親切にもルイスは自分でそれをとりに行った。バッグは椅子の上に置かれ、靴はタイルの床に無造作に脱ぎ捨ててある。

ルイスは長い指先に靴ひもをひっかけて近づいてきた。キャロラインはにこりともせずに靴を受けとった。だがバッグに手が届きそうになったとき、ルイスはさっと手をひっこめ、クリーム色のタキシードのポケットにしのばせた。

「返してちょうだい」

ルイスは物憂げにほほ笑んだ。「つんけんした口調はまるで女校長みたいだ」

「どうしてわかるのよ、学校にはめったに行かなかったと言ったくせに」

認めるようにルイスは穏やかに笑ったが、それとはまったく違う口調でつけ加えた。「そのころ、やけに姿勢がよくて冷たい目をした女性に何人か会ったことがあるからね」

彼は子供のころ、州立の施設を渡り歩いたという。わずか九歳で生き抜くためには自分しか頼れないと悟った、黒い髪と黒い目のスペイン人の少年が目に浮かぶようだ。

七年前の暑い夏の日々、二人が打ち明け話をしたことが何度あったか、キャロラインはおぼえていない。

彼から聞いた話にどの程度真実が含まれていたのか、緑色の羅紗《ラシャ》のテーブルをはさんでひそかに、そして計画的に父親から金を盗みとる一方で、娘の優しい心から同情を引きだすことをもくろんだ言葉がどれほどあったか、それもはっきりしない。

「どうして顔をしかめるんだ？」

ハスキーで親しげな声が驚くほど近くから聞こえてきた。はっとして見上げると、ルイスが少し位置を変え、ドアに肩をあてて立っていた。行く手を阻むつもりなのだ。

「バッグを返してちょうだい」キャロラインは質問を無視し、靴をぶらさげた手を用心深くさしだした。

今度はルイスが彼女の要求を無視した。「きみの目は怒ると灰色になる。知っていたかい？」

「バッグを返して」

ルイスは背筋がぞくぞくするような笑みを浮かべた。「口はきゅっと結ばれ……」

「やめてよ。子供じみてるわ！」

「わくわくする……」

いらだちを表すつもりでキャロラインは大きなため息をついたが、苦しそうに聞こえただけだった。さしだした指先が震えはじめた。手を握りしめ、体に巻いたタオルがずれないように押さえる。

「いつまでもこんな格好で立っていたら、風邪をひいてしまうわ！」

実際体が震えていたが、寒さのせいか、まったくほかの理由によるものかはわからない。そんなことは考えたくもなかった。だが理由がなんであれ、おかげでルイスはいじめをやめ、ドアから体を起こしたかと思うと、さっとジャケットを脱いで、濡れた肩に羽織らせてくれた。

妙に親切なふるまいに警戒心がゆるみ、涙がこみあげた。「パパと勝負しないで、ルイス」キャロラインは涙ながらに懇願した。

「さあ」ルイスが彼女の指先からドレスと靴をとってうながす。「袖《そで》に腕を通して。それから濡れたタオルをはずすといい」

人の意見に耳を傾ける気はないようだ。絶望が全身を貫いたが、キャロラインは言われるままにルイスのジャケットの袖に腕を通した。冷えきった肌にシルクの裏地が温かく、彼のにおいが全身を包みこむ。

「助けてくれると思っていたのに」彼女は喉を詰まらせた。「これじゃ前より悪いわ」

「狂気はさらなる狂気の予測にしか反応しない。お父さんにゲームをやめさせる唯一の方法は、やめるだけの理由を与えることだ。というわけで、ぼくはあと一時間したらお父さんと勝負する。場所は外に移す。なぜならぼくは――」

言いかけた言葉は途中でさえぎられた。キャロラインの両手が訴えるようにルイスのシャツの胸元にあてられている。

「お願い、やめてちょうだい！　どうして二度までもそんな仕打ちができるの？」

ルイスは聞いていなかった。胸に置かれた手を見つめていたのだ。やがて彼はその手に自分の手を重ねた。キャロラインは仕立てのいい白い麻のシャツを通して、盛りあがった筋肉の感触と、生き生きと脈打つ心臓のたしかな鼓動を意識した。

愛しあうとき、この心臓がどんなふうに打つか知っている。このなめらかな肉体がどんなふうに動くか脳裏に焼きついている。この厚い胸板をたどっていった先に何があるかも……。

ふいに彼の手が、肩にかけられたジャケットの下にしのびこんだ。タオルが床にするりと落ち、肌と肌が触れあう。キャロラインは身をのけぞらせてあえいだ。

思いきって視線を上げ、彼の目に炎が燃えているのに気づいたとき、彼女はうめいた。「だめ」

しかし遅すぎた。ルイスは二人の距離を縮め、キスしてきた。本物の恋人のように激しく、強く、親密なキスを。

わたしはずっとこの人が恋しかった、お互いに影響しあうこのエネルギー、わずかに触れただけでわきあがるこの情熱を恋い焦がれてきたんだわ。キャロラインはゆっくりとルイスのシャツをたくしあげ、大事な宝物を手で確かめる盲目の女性のように、指先でいとおしげに体の輪郭をたどった。

ルイスは全身を揺るがすようなあえぎ声をもらし、キャロラインをさらに引き寄せて、自らの脈動する歓喜の証拠に触れさせた。

正気の沙汰《さた》ではないとわかっていながらも、官能的なこの瞬間、彼はわたしのものだとキャロラインは思った。わたしのために死んでほしいと言ったら、彼はきっと死んでくれる。

それどころか、信じられないことに、自分自身もルイスのために死ねる気がした。

「ルイス……」彼の口元にささやきかける。

優しい呼びかけは大きな効果をもたらした。彼は低くうめき、キャロラインを文字どおり熱く激しい情熱の渦に巻きこんで、反抗の意志を完全に焼きつくした。

そもそも、そんな意志があったかどうかさえ、今となってはわからない。ギャンブルが父の弱点であるように、ルイスはキャロラインの弱点だ。いったんとりこになったら、一生逃れられない。何年も恋い焦がれたあげく、ほんのわずかな誘いで暴発してしまう。そしてキャロラインは飢えたように激しく彼を味わい、触れ、求めた。決して満足することはなかった。

彼の両手に愛撫《あいぶ》されるがままになり、むさぼるような唇を受け入れ、湿った息からミントの香りを味わい、落ち着かない指先に大きく脈打つ胸の鼓動を感じた。

二人のあいだに何かが生じた。それがなんだったか気づいたのは、あらわになった胸のふくらみをルイスの手が貪欲《どんよく》に包んだときだった。新たな喜びを求めて、彼の唇がキャロラインの唇から離れた。彼女は頭をそらして、胸をもてあそぶ彼の口の感触をひたすら楽しんだ。

身をのけぞらせていたキャロラインが、バランスをとるために長い脚を引きしまった彼のウエストに巻きつけたのは、ごく自然な成り行きだった。だがそうすることによって、固く盛りあがった男性の象徴とさらにぴったり触れあうことになった。初めての男性として記憶に深く刻みこまれたルイスの愛撫、感触、声、においに満たされた燃えるように明るい万華鏡のなかで、キャロラインは忘我の境をさまよった。こんなふうに触れたり、反応したり、求めることを教えてくれたのはほかならぬ彼自身だ。

気づかれたくはないけれど、これまでほかの男性と愛しあったことはない。こんなに激しく応えてしまうのも、彼がそのような気にさせる唯一の男性だからだ。

かつて二度と立ちあがれそうもないほど手ひどく裏切られた経験をしたが、それももうどうでもよくなった。父のことも、ポーカーのことも、また傷つけられるかもしれないという不安も気にならない。

彼の愛撫にわれを忘れ、室内プールのドアがノックされても、その音が何を意味するか、まったく頭が働かなかった。ようやくそれに気づいたのは、急に姿勢を正したルイスが、巻きつけられた脚をはずし、弱々しく震える彼女の体をぎゅっと抱きしめて、ドアを細く開けたときだった。

自分のしたことに対する激しいショックがさざ波のように全身に広がっていく。七年間の空白が、二人を飢えた動物さながら相手に襲いかからせたのだろうか？

あまりの恥ずかしさにキャロラインは彼の首筋に紅潮した顔をうずめ、ドアをノックしたのが父でないことを願った。

聞きおぼえのない、ルイスと同じアメリカ訛《なまり》の声が言った。「準備ができた。あと三十分だ」

「わかった」ルイスはぶっきらぼうに答えてドアを閉め、キャロラインを押しのけた。彼女はただ唖然《あぜん》とするばかりだった。

しばらくは何が起ころうとしているのかわからなかったが、とりつく島のない彼の表情を見て、思い知った。今しがたキスを交わした情熱的な男性が突如として敵に変わったことを。

「なんの準備？」

「なんだと思う？」

父との勝負だ。こんなことがあったあとなのに、彼はまだ勝負するつもりでいる。

「ほら……」いつのまにか床に落ちていたドレスをルイスが拾いあげた。「これを着て。体はもう乾いている。そんな格好で出ていくわけにはいかないだろう」

そんな格好……。キャロラインは生気のない目で自分を見下ろした。固く盛りあがった胸の先端、上気した肌、今でも愛撫の感触に震える白い太腿。肩に羽織っていたはずのルイスのジャケットも、思った場所にはなかった。

裸同然のあまりにも安っぽい自分の姿に、キャロラインはいたたまれなくなった。彼女の気持ちを知ってか知らずか、ルイスは自分の肩にジャケットを羽織った。

燃えあがっていたキャロラインの体は急速に冷えていった。吐き気がこみあげ、喉が締めつけられる。彼女は何度か喉をごくりとさせて、ようやく口を開いた。「あなたなんか大嫌い」

「嫌いたいと思っているだけで、実際に嫌いではないと思うよ」

腹立たしいけれど、そのとおりだ。キャロラインは残っていた思考力をかき集め、なんとか服を着ようともがいた。タイルの床に落ちているブラジャーに気づいたときは、穴があったら入りたいと本気で思った。

ルイスがその薄いシルクの布きれを拾いあげ、それをポケットに突っこんでから、ドレスのファスナーを閉めてくれた。黒い靴も彼の手によって履かせてもらった。キャロラインは考えることも話すこともできず、人形のように彼のなすがままになった。

背中を起こしたルイスは、キャロラインが震える指先でドレスを整えるのを黙って待っていた。二人のあいだに漂う緊張感は恐ろしいほどぴんと張りつめている。どちらも目を合わさず、話しかけようともしない。

キャロラインがドレスを整え、この状況でできうる最善のことをしたのを示すと、ルイスはドアを開けて先に出るよううながした。

ロビーでは、エレベーターで一緒になった男性がディナースーツの男性と話していた。彼は、突然現れた二人を見て話をやめたが、キャロラインのほうは階段までエスコートするルイスの手が背中に置かれているのが気になって、彼がいることさえ気づかなかった。

ルイスにこんなふうに触れられたくない、そばにいられるのもいやだ。キャロラインは顎を上げ、頭をそらして姿勢を正したが、目はくらみ、死にそうな気分だった。

だから、一階のメインロビーに着いたとたん、ルイスのそばを離れた。

「どこへ行くつもりだ?」

歩きだしていたキャロラインは、そのまま振り返りもせずに言った。「また父を破滅させたいのなら、どうぞご勝手に。それは止められないけど、見守る義務もないわ」

「でも、ぼくたちにはまだすることがある」ルイスは彼女の手をつかみ、ロビーを横切って〝私用〟と書かれたドアに向かった。二人が近づくと、魔法のようにドアが開いた。

何が待ち受けているのだろう。キャロラインは顔をしかめた。ドアの内側にはもうひとつ別のロビーがあった。ハイヒールの足音を響かせて黒とクリーム色の大理石の床を横切ったところに、またドアがあった。今度は魔法のように開くこともなく、ルイスが手でそれを開け、キャロラインを先に入らせてから静かに閉めた。

どうやらオフィスらしい。黒とクリーム色で統一された、なんとも優雅なオフィスだ。

「ここは何をする部屋なの？」キャロラインは用心深く尋ねた。

ルイスは彼女のそばを通って部屋の奥へ行った。デスクをまわって椅子に腰を下ろし、引き出しの鍵をあける。「ぼくのオフィスだ」

「つまりあなたは……」部屋を見まわすキャロラインの目に光がまたたいた。「あなたはここで働いているの？」

「ぼくはここで働いているし、ここで暮らしてもいる」分厚い革表紙のファイルをデスクの上に置いて、ルイスは平然とつけ加えた。「これはぼくのホテルだ、キャロライン」

3

彼のホテル？　キャロラインは小さく首を振った。「でも、ここはエンゼル・ホテルよ。エンゼル・グループが所有しているはずだわ」エンゼル・グループといえば巨大企業だ。世界中に系列のデラックスホテルを所有しているだけでなく、その多国籍企業の幅広い活動分野には、ホテル経営以上に強大な業種をいくつも抱えている。

　ルイスが顔を上げて彼女と目を合わせた。理解させるにはそれで充分だった。キャロラインはふいに思いあたった。ルイス・アンヘレス・デ・バスケスのエンゼル・ホテル。どちらも〝天使〟というわけね。しかし、エンゼル・グループのことを思い出して、絶望感が広がっていった。それこそ、最近ニューベリー家と取り引きのあるロンドンの銀行を買収したばかりのグループではないか。

「なんてことかしら」彼女は息をのんだ。「つまり、わが家の借金を検討するためにわたしと父をマルベーリャに呼びつけたのは、あなたなのね」

　ルイスは答えなかったが、その必要もなかった。引きしまった浅黒い顔にすべて書いてある。これまで築きあげてきたルイス・バスケスのイメージが目の前でゆっくりとひび割れ、こなごなに砕けていった。ルイスはもはや心ときめく恋人でも、父から何十万ポンドもの大金を巻きあげた残酷な詐欺師でもない。

「何が望みなの？」こなごなになった破片が新しい秩序を回復し、氷のように冷たい経営者の姿になっていくのを見つめながら、キャロラインは弱々しくきいた。ニューベリー親子が着実に没落の一途をたどっていたのとは逆に、彼はひたすら成功の階段をのぼりつづけていたらしい。

「とりあえず、座ってくれないか。時間があまりないんだ。マルベーリャに来た理由はもうわかったと思う。すぐに仕事の話に入ろう」

仕事。その言葉に、背筋を冷たいものが這《は》いおりた。キャロラインはおぼつかない足どりで部屋を横切り、デスクをはさんでルイスの向かいに座った。彼はファイルを開き、そのなかから一枚の書類を抜きとって前にすべらせた。

「ここに書いてあることに同意するかどうか、答えてほしい」

視界を曇らせる涙をぬぐい、キャロラインは書類を引き寄せた。持ちあげる指先が震えている。紙面に目を走らせるために彼女は自らを鼓舞しなければならなかった。

こまかい数字がぎっしりと並んでいる。ニューベリー家の借金のリストだ。すでに知っている借金ばかりでなく、知らないものもあったが、付記されているのがすべて父がひいきにしているロンドンの店の名前である以上、疑う余地はない。

合計金額のものすごさにキャロラインは嫌悪を催した。「お水をいただけるかしら?」かすれた声しか出ない。

ルイスは黙って立ちあがり、黒い漆塗りのサイドボードのところへ行った。グラスに冷たい水を入れて戻り、キャロラインの前に置く。そしてふたたび椅子に腰を下ろし、グラスから少しずつ水を飲む彼女の様子を見守った。

「返せないわ、ルイス」キャロラインはようやく声を出した。「いずれにしても、全部は無理よ」

「わかっている」

水をもう二口飲んでから、彼女は続けた。「あなたが今夜の勝負を中止にしてくれれば、父がカジノで勝ったお金にわたしのお金を加えて、一部は返せるんだけど」

「これからするポーカーと借金はまったく関係ない。ぼくはビジネスと楽しみを絶対に混同しない。わかったね？」

わかるものですか。「でも、少しは返せる方法が現にあるのよ！」キャロラインはいまいましい借金のリストを投げつけた。「それなのに、面白半分に勝負をするわけ？ そんなやり方のどこにビジネス感覚があるっていうの？」

ルイスは平然と椅子にもたれている。デスクの上をすべって膝に落ちた書類には目もくれない。「きみのお金の出所は？」

「あなたには関係ないわ」キャロラインは立ちあがり、ぎこちなくデスクから離れた。

「どうせそれも借金だろう。そんなことをしたら借金は減るどころか、増えるばかりじゃないか」

「母が遺《のこ》してくれたお金があるのよ」しぶしぶキャロラインは言った。

「いや、ないね」

ルイスの自信に満ちた口調に、キャロラインははっとし、すばやく彼に視線を向けた。「なんですって？」

「お母さんが遺された金は、とっくに借金の返済でなくなっている。その後数年は先祖から受け継いだ家財を売りつないできたが、売る価値のあるものはもう残っていない。それから二年、お父さんの行儀が改まった、というより、きみがそう信じた期間が続いた。悪い癖が再開してからは、別荘の建築用地を探していた実業家たちに屋敷の隅の土地を切り売りした。だがやがて、市議会が国家遺産保全法か何かを引き合いに出して〝待った〟をかけた。となると、売るものはほかに何がある？ 先祖から受け継いだ屋敷は抵当になっているし、わずかに残った家財も、少なくとも書類上はすでに銀行のものになっているだろう。きみは美術にかなり知識があるのを買われて、ロンドンのインテリアデザイナーたちを相手に仕事をしているね。裕福な顧客の自宅を飾る美術品やアンティークを探しだして手数料をもらっている。ひょっとして、その金で借金を返済するつもりだったのかな？」

キャロラインは大きなハンマーでたたかれて地面に打ちこまれているような気分だった。

「次はなんだ、キャロライン。これほどの債権を持つ銀行を納得させるだけの何が残っている？　もしかしたらきみ自身？　パパがギャンブル癖を自分で満足させられないのなら、わたしに最高値をつけた買い手に体を売って資金を提供しよう、そう思っているのか？」

「もうやめて！」聞くに堪えなかった。なぜ彼がここまで残酷になれるのか理解できず、キャロラインは血の気のうせた顔で相手を凝視した。「どうしてわかったの？　どこで情報を集めたの？　わたしの調査を始めてどれくらいになるの？」

「金さえ払えば、情報はいつでも、どこででも手に入る」

「それでわたしの生活をのぞき見したのね」彼女は叫んだ。「なぜなの、ルイス、どうして？　わたし、こんなひどい目にあうようなことを何かした？　あのときわたしを利用したのはあなたなのよ、覚えてるでしょう！　夜ごとわたしの体で欲望を満足させながら、父と勝負してもうひとつ別の欲望を満足させたあげく、わたしを捨てたのよ！」

「そのことについては話したくない」吐き捨てるように言うなり、ルイスは立ちあがった。彼女と同じように緊張していた。彼女と同じように腹を立てていた。そして彼女と同じようにつらい思いを味わっていた。

「あら、おかしい！」キャロラインは彼をあざ笑った。「自分に都合が悪いと、話したくなくなるのね。人の欠点や失敗はあげつらい、売春婦とまでののしったくせに！」

「選択肢として挙げたまでだ。事実だとは言ってない」ルイスは訂正したが、顔は蒼白《そうはく》だった。キャロラインの言葉が彼の残酷な心のどこかでむきだしの神経に触れたのだろうか？

「あなたはお金のために魂を売ったんだわ。わたしをベッドに引き止めたのは、父に監視の目を向けさせないためだったのよ！」

「わかった、その件を話しあおうじゃないか」ルイスはデスクをまわり、彼女に近づいていった。

キャロラインはあとずさりたかったが、目の前に立つ彼の長身に凍りついた。

「きみは、七年前、ぼくが金のために魂を売ったと思っているんだな」やっぱりむきだしの神経に触れたらしい。「だったら、今度堕落できるのは二人のうちのどちらか、見てみようじゃないか。これは取り引きだ。受け入れるかどうかはきみしだいだ。今夜ぼくとベッドをともにすれば、お父さんとの勝負はやめにする」

ベッドをともにするですって？　顔をひっぱたかれずにすんだのが幸運だと思うのね。「それが仕事と楽しみの混同でなかったら、なんなのよ」嫌悪もあらわにキャロラインは吐き捨てた。

「違う。これは遊びの楽しみを倍加する」ルイスはほほ笑んでさえいる。

「地獄に落ちるがいいわ」キャロラインは急いで部屋を出ようと身を翻した。

「この申し出の効力は、きみがドアを開けるまでしか続かない」

キャロラインは足を止めた。胸が激しく打っていたが、怒りを抑えてさっと振り返り、彼の顔をにらみつけた。ルイスは尋ねるまでもなかった。彼女の顔を見れば何を考えているかわかる。肩をすくめたしぐさが彼女に対する答えだった。

「誰にも値段はある。ぼくはきみの値段を確かめようとしただけだ」

「わたし、絶対にあなたを許さないわ」

「つまり、ぼくとベッドをともにするのは自尊心が許さないと言いたいのか?」

あまりの苦痛に、キャロラインの冷えきっていた心が一瞬にして熱くなった。プールサイドであんなことがあった以上、ルイスとベッドをともにするのがうれしくないふりはできない。

そのとき突然、デスクのパネルが点滅しはじめた。おかげでキャロラインは生涯最悪の結論を下さずにすんだ。

ルイスが急いでデスクに戻り、椅子に座ってパネルのスイッチを入れた。「なんだ?」

「出発の時間だ」プールのドアのすきまから聞こえたのと同じ声だった。

ルイスの目が問いかけるようにキャロラインを見ている。思いがけず体が震えだし、椅子に座らずにはいられなかった。いちばん手近な、さっき立ちあがったばかりの椅子に、キャロラインは崩れるように座った。

「二分待ってくれ、ビト」ルイスが小声で言い、スイッチを切った。

激しいショックと不安に長いあいだ苦しめられていると、体の内側がこなごなになってしまう。なすすべもなくルイスを見つめているうちに彼女は悟った、彼は降伏の言葉を待っているのだ。

彼の目を見て降伏するのはいくらなんでも耐えきれず、キャロラインは視線をそらした。

そこで初めて、ルイスの背後の壁にかけられた絵に気づいた。「まあ、驚いた」生きているかと思うほど真に迫った蠍《さそり》の絵に、彼女は椅子に飛びあがりそうになった。「ルイス、なんて悪趣味なの」

「しかし、なかなか効果的だ」ルイスはほほ笑んでいる。

そういえば彼が最初に所有したのはニューヨークの小さなナイトクラブで、店名は〈蠍座〉だった。健康を害して店を手放さざるをえなくなった古い友人から譲り受けたものだったが、ルイスは二年もたたずに市内の開発業者にクラブを売り、その金を元手にそれまでとまったく違う穏やかな方向に人生を切り替えたらしい。〝そのときから過去を振り返る必要がなくなった〟彼が満足げに言ったのをキャロラインはおぼえている。

しかし、今なお部屋の壁に飾っているところを見ると、蠍そのものは気に入っているのだろう。それともほかに目的があるのだろうか。ひょっとしたら、ぼくは洗練されて見えるけれど蠍の尻尾《しっぽ》同様確実に死をもたらす武器を持っているぞ、と警告しているのかもしれない。

キャロラインは壁の絵からルイスに目を転じた。きみの考えていることはすべてお見通しだ、とでもいうように彼は口元をおかしそうにゆがめて見つめている。

「蠍は標的をすばやくきれいに刺すものだけど」彼女は震える声で言った。「あなたの申し出はきれいでも、すばやくもないわ」

「お互いに激しく刺激しあう男女のすばらしいセックスが？　それならぼくは、すばやくもきれいでもないほうがいいね」ルイスはにやりと笑い、ファイルを引き出しに片づけて立ちあがった。「よし。では行こう」

では行こう、ですって？　キャロラインは言い知れない不安に襲われた。「でも、返事がまだよ」

「返事はあとだ。今は話しあう時間がない」

ルイスは彼女を立ちあがらせた。いつのまにか彼女には選択の余地がなくなっていた。予定時刻はすでに過ぎているらしい。ルイスにエスコートされて、キャロラインは何が何やらわからないまま建物の外に出た。夜気は心地よく暖かい。

正面玄関の前に、最高級の黒いBMWがエンジンの音を響かせて待機していた。二人が後部座席に乗りこむと、車が動きだした。すりガラスに隔てられて運転席は見えない。

「どこへ行くの?」

「すぐにわかる」

夜も遅かったが、車の窓から見るかぎり、上品なナイトスポットを訪れる人や、ヨットの並ぶ湾岸を散策する人で、まだマルベーリャは活気づいていた。

キャロラインがなんの心配もない生活をしていたころから、何年が過ぎただろう。

我慢を強いられ、希望のかけらもないなかで、父の番犬をつとめたのは、ほかに監視役を引き受けてくれる人がいなかったからだ。

「お父さんは大丈夫だ」ルイスは彼女の気持ちを読んでいた。「心配するな」

キャロラインは小さく自嘲《じちょう》ぎみに笑った。父の心配をしないでいいことがあったかしら。若いころから父は古風なタイプの遊び人で、結婚してもそれは変わらなかった。けれど、少なくとも母を裏切ったことはないと思っている。というか、そう願っていた。

女遊びをしたわけではないにせよ、根っからのギャンブラーだ。しかし母を愛する気持ちは変わらなかった。昔の悪い癖が出たのも、母の死後だ。妻を失った寂しさを忘れさせてくれる場所が欲しかったのだろう。

車は湾岸を離れ、個人の別荘地に入った。ここに休日用の家を持つキャロラインの知り合いはたくさんいる。寄宿学校の束縛から解放される長い夏休みには、この界隈《かいわい》で楽しく自由に遊んだものだ。当時は、イギリスと同じくらいここにも大勢の友人がいた。だが今はひとりとして思い出せず、最後にマルベーリャを訪れたときの悲しい思い出に体が震えるばかりだ。

車が急に右折し、開け放たれた門を抜けて、別荘の私道に入った。大農場風の平屋の建物が、中庭に続く石造りのアーチ道の左右に広がっている。

堂々たる玄関の前に車が止まるや、ルイスは車を降りて助手席側にまわり、キャロラインに手を貸した。

「いったいどこなの?」蔦《つた》が這う白壁の前にずらりと並んだ車の列が目を引く。車が多いということは人が多いということだ。人が大勢集まっているということは……。「ルイス!」彼に手をつかまれ、キャロラインは抗議の声をあげた。ルイスは彼女を玄関へ連れていこうとする。「ここで何があるの?」

「パーティだよ」

「やめて。パーティなんかいやよ。こんな……こんな格好で行きたくないわ」

彼女を振り返ったルイスの目のなかで熱い何かが燃えあがった。「はっとするほど魅力的だよ」

はっとするほど魅力的? キャロラインは笑いそうになった。「今までで最高の嘘《うそ》ね。泳いできたばかりで髪はくしゃくしゃだし、化粧ははげ落ちているし、体には塩素のにおいがしみついているわ。おまけにノーブラなのよ!」

ルイスはたまらなくセクシーなほほ笑みを浮かべてささやいた。「知っているよ。ぼくもあそこにいたんだから」

それはまさしく昔のままのルイスだった。キャロラインはうろたえた。二人が情熱的な恋人同士だったころ、彼はよくこんなふうにほほ笑みかけたものだ。二人でいると心からくつろぐことができた。彼はあなたを利用しているのよと言う人がいたら、その人の舌を引き抜いていただろう。

キャロラインは警戒心を解いて昔のようにほほ笑み返したかった。人生はすばらしく、愛する人もいる、何ひとつ不安はない。そう思っていたころの自分に返りたい。

彼女はひそかな期待を胸にルイスの手をぐいと引いた。逃げるつもりだと思ったのか、彼は逃がすものかというように握り返した。

「ルイス……」キャロラインは懇願した。

温かい血の通った生命体はたちまち固い石に変わった。「何かを頼むつもりなら、やめるんだ。それが通じる時期はとっくに過ぎた」

正確に言うといつなの？　プールサイドでキスしたあのとき？　キャロラインは自分に問いかけ、自嘲ぎみの笑みを浮かべた。こちらは奪いつくされて何も残っていないというのに、相手は腕に抱く女性の頼みに心を動かされないほどすばやく、完全に立ち直っているとは。

だけど、オフィスでは頼みごとをする余地はまったくなかった。

「交渉は終わりよ。あなたの言うとおりにするわ」

ルイスはそっけなくうなずいた。「ただぼくの提案にイエスかノーで答えればいい」

「提案？　脅迫の間違いでしょう」

「わかった、だったら脅迫だ」ルイスは無頓着《むとんじやく》に肩をすくめ、ほとんど大理石だけでできた大きな白い玄関ホールにキャロラインを招き入れた。

幅の狭い廊下が二本、それぞれ左右の翼に続いている。ルイスが彼女を連れていったのは、中央の広い廊下に直接面した部屋のひとつだった。

「これは誰の家なの？　こんな格好でパーティに来たら誰の気を悪くさせることになるのか、知っておくべきでしょう」

「そのことなら心配ない。きみが気を悪くさせようとしているのはぼくなんだから」

ショック続きの今夜、キャロラインはまたもや相当なショックを受けた。七年前、ホテル暮らしだった彼が笑いながら言ったことがある。〝家は家族のためのものだ。ぼくには家族なんていないから〟いかにもさりげない言い方だったが、目には寂しさがにじんでいた。

それを思い出して、キャロラインは胸が張り裂けそうになった。「結婚はしていないんでしょう?」

ルイスは吹きだした。おかげでドアをくぐるとき、キャロラインはこれから対面しようとするものになんの準備もできなかった。

なかに足を踏み入れた瞬間、激しい感情の渦に襲われた。大広間は美しく、スペイン風の趣味のいい最高の家具が配されていた。

だが、キャロラインを凍りつかせたのは部屋でもなければ、いっせいに振り返った上品な装いの二十四、五人の客でもなかった。

ほんの数メートル先に緑色の羅紗《ラシャ》張りのテーブルが用意され、そのそばでむっつりした顔つきのゲーム補佐役が、色とりどりのチップを数えては別のカウンターに積みあげている。

「父はどこ?」ルイスが設定した現実を目のあたりにして、声がくぐもった。

「勝負が始まる前に、寝室でひと休みしてもらっている」

勝負が始まる……。凍りついた頭のなかでその言葉がぐるぐるまわり、視界がかすんだ。息を詰めてこちらを見つめる人々の姿もぼやけてくる。みんなは明らかにキャロラインが紹介されるのを待っているのだ。

彼女は紹介されたくなかった。彼らも、父や隣に立つ男のように役立たずのギャンブラーに違いないのだから。

今こそ決心するときだ。事態がますます悪くなる前に決心しなければ。

それ以上何も考えず、キャロラインはルイスの正面に立って耳元にささやいた。「いいわ」

「何がいいんだ?」ルイスはわざとらしく、わからないふりをしてみせた。

「あなたとベッドをともにするわ」彼の袖《そで》を冷たい指でつかみ、彼女は小声で言った。「さあ、今すぐ寝室へ行きましょう……」

4

その言葉はさすがにショックだったとみえ、ルイスの体がこわばったが、キャロラインは気にもならなかった。この部屋から出ていきたかったし、父にもこの部屋に来てほしくなかった。

たくましい腕が、ただでさえ緊張で押しつぶされそうだった彼女の華奢《きやしや》な肩を骨が砕けんばかりにきつくつかんだ。「キャロライン」

「やめて!」涙にむせぶ声で彼女は叫んだ。「あなたがイエスかノーで答えろと言ったのよ。だから答えたでしょう。さっさとここから連れだしてよ!」

ルイスが大きなため息をつき、肩をつかむ指先に力をこめてつぶやいた。「困ったもんだ」それからすっかり態度を変え、ちゃかすような口調で客に告げた。「申し訳ありませんが、うっかり連れの機嫌をそこねてしまったようです。向こうで仲直りしてきますので、戻ってくるまで、みなさんはこのままお楽しみください」

客のあいだに驚きのざわめきが広がった。ルイスは怒りを抑えてにこやかにほほ笑み、片手をキャロラインの腰にまわして部屋から連れだした。

騒ぎを起こした彼女にひどく腹を立てているのはわかっていたが、もう取り返しはつかない。今成立したばかりの取り引きが鋼鉄のベルトのように胸を締めつけ、キャロラインはひと言も弁明できなかった。

子供を追いたてる厳しい父親のような顔でルイスはロビーを横切り、廊下の反対側の突きあたりにある部屋に彼女を連れていった。そこは広々とした寝室だった。美しい家具調度品で飾られているのはさっきの部屋と同じだが、カードテーブルの代わりにキングサイズのベッドが置かれている。

ドアが閉まった。キャロラインは毅然《きぜん》と頭をそらして次の攻撃にそなえた。

服を脱いでベッドに入れと言われるのか、それとも服を脱がせる前に彼は怒りを爆発させるのだろうか？

背中を向けているので顔は見えないけれど、彼が緊張しているのはわかる。いつも冷静なルイス・バスケスを動揺させたと思うと、少しはうれしかった。

息詰まる雰囲気はルイスの荒々しい動作で破られた。ポケットに手を突っこみ、まずはイブニングバッグ、それから黒いシルクのブラジャーを近くの椅子に投げつけたのだ。キャロラインは彼がそんなものを持っていたことさえ忘れていた。バッグの上に落ちたブラジャーを見てプールサイドでの情熱的な場面を思い出し、惨めになる。

ルイスはジャケットを脱いでベッドに投げ捨てた。広い肩、日に焼けた首筋、薄手のドレスシャツを通して透ける浅黒い肌。キャロラインの胸の鼓動が不規則になった。喉がからからになり、胸を締めつける鋼鉄のベルトがきつくなる。ルイスがさっと振り返り、値踏みするような目を向けた。

キャロラインは緊張しすぎて声も出なかったが、たとえ話せたとしても、話さなかっただろう。もう手持ちのカードは使いつくした。今度はルイスがカードを出す番だ。

「今から十五分のうちに、不快感を顔に出すことなく客の前に戻るんだ」

これほど冷たい軽蔑《けいべつ》の言葉を投げつけられるとは思いもしなかった。怒りか誘惑、またはその両方を予想していたのだ。

だがキャロラインは露ほども動揺を見せず、アメジスト色の目に怒りをたたえ、顎をさらに突きだした。「だけど、あいにくわたしはあなたのお客さまと顔を合わせたくないのよ」

「たとえいやでも、そうしてもらう」

「お客さまは、わたしたちがここに来た理由と全然関係ないわ」

鋼鉄の締めつけを解いて彼女は抗議したが、ルイスはまたくるりと向きを変え、天井まで届く作りつけの衣装だんすの列に大股で歩いていった。キャロラインは腹立たしげに彼のあとを追った。

「それに、わたしを不愉快にさせたのはお友達じゃないわ。あなたが父を破滅させるために準備した、舞台の小道具のようなあのカードテーブルよ！」

「だったら、今でもぼくが当然勝つと思っているんだな」彼は衣装だんすのひとつを開けた。

キャロラインの足が止まった。「あなたは勝ちも負けもしないわ！」腹を立てているのに、不安で体が小刻みに震える。「わたしがあなたとベッドをともにすれば勝負しないと取り引きしたでしょう。提案したのはあなたで、わたしはただ同意しただけなのよ！」

ルイスは衣装だんすから新しいディナージャケットをとりだし、不安そうな顔をしているにもかかわらず喧嘩《けんか》腰のキャロラインをちらりと見てから、視線をベッドに移した。流れの速い川さえ凍らせそうな微笑を浮かべてジャケットに手を通す。「たった今、賭《か》け金の額を引きあげた」

「そ、それって、どういう意味？」

「たった今、賭け金の額を引きあげた」ルイスは繰り返した。「取り引きの内容が変わったんだ」

「あなたにそんな権利はないわ！」

「だとしたら、どういうふうにぼくを阻止する？」

「でも……あなたのあさましい提案にはもう同意したじゃないの。これ以上何が望みなの？」

「まさにその点だ。〝あさましい〟ことはやめにした」ルイスは紫檀《したん》でできた脚つきチェストの上の壁にかけられたきれいな金縁の鏡の前に行き、蝶《ちょう》ネクタイの結び具合を確認した。「それどころか、ぼくの計画に〝あさましい〟は似合わない。だから賭け金の額を上げたんだ」

「どこまで上げるの？」

蝶ネクタイを持つルイスの手が止まった。彼は鏡のほうを向いたまま、そこに映っているキャロラインを見つめた。なんて冷たい謎《なぞ》に満ちた目かしら。彼女は息を詰めた。永遠とも思える時間が過ぎ、脳が酸素を渇望しはじめたころ、ルイスが思いもかけないひと言をさらりと口にした。

「結婚まで」

ルイスを見つめたまま立ちつくしたのが、数秒だったか数分だったかわからない。ただキャロラインは、彼がはるかかなたの違う惑星にいるような気がしたのをおぼえている。

「冗談なんでしょう」声が震えた。

だが、ルイスがいやになるほど落ち着き払い、にこりともしないところを見ると、どうやら本気らしい。結婚。ルイスは結婚を望んでいる。

いくらなんでもこれはやりすぎだ。彼女は無言で寝室の戸口に向かった。

「前にもここで同じことがあった。きみがそうしてほしいなら、もう一度喜んで同じ場面を再現する。きみが出ていけば、お父さんとポーカーで勝負するまでだ」

真鍮《しんちゅう》のドアノブを今にもまわそうとしていたキャロラインの手が止まった。ゆっくり振り返り、力なくドアにもたれる。ルイスは足首をさりげなく交差させ、両手をゆったりとズボンのポケットに突っこんで紫檀のチェストに寄りかかっていた。

すらりとした長身、浅黒い肌、くつろいだ体から発散される自信。たしかに魅力的だ。けれど、この手の自信家はわけのわからない理由で致命的な代償を要求するものだ。

「そんな提案をするからには、ちゃんと理由があるんでしょうね」

「いかにも」

「その理由を教えてもらえるかしら」

「イエスと言えば教えよう。でも、たとえイエスと言っても、言い方によっては教えない」

「じゃあ、どんなふうに言わせたいの?」精いっぱい甘い口調できいてみたが、しだいに腹が立ってきた。

彼の口元に苦笑が浮かぶ。「まあ、手始めはただのイエスでもいいさ。ぼくのいない人生は考えられないからイエスと言えば完璧《かんぺき》だ」

その可能性はゼロよ。そう思いながらも、キャロラインはそれについてはあえて何も言わなかった。

「別れる前にまた賭け金の額が上がるの?」

「別れる？」彼は首を振った。「とんでもない。自由奔放なアメリカ人に見えるかもしれないが、ぼくがスペイン人だということを忘れるな。スペイン人として、ぼくは一生に一度しか結婚しない。きみと生涯添い遂げる。そして賭け金の額を上げた以上、今夜の勝負をしないだけでなく、お父さんの未払いの借金をすべて返済するし、屋敷の抵当権をはずして、きみが生きているかぎりその状況を維持する。同時に、きみをお父さんの監視役から解放して、代わりにぼくが引き受ける。これで少しは気が楽になったかい？」

気が楽になるどころか、実に魅力的な取り引きだ。キャロラインはしぶしぶながら負けを認めざるをえなかった。「一生続く結婚の相手に、どうしてわたしを選ぶの？」

「どうしてきみではいけない？　美人で、育ちもいい。夫の力になれること請け合いだ」

「つまり、お飾りね」

「好きなように言ってくれてかまわないが、正直な話、ぼくは今でもきみに惹《ひ》かれている。でなければこんなことは言わないさ」

ルイスのそっけないほほ笑みにキャロラインはひるんだ。だが言いたいことはよくわかった。ぼくに気に入られてありがたく思え、さもなければ苦境にあえいでいただろう。そう言いたいのだ。

「いいわ。あなたと結婚するわ」

「そうか」ルイスはチェストから体を起こし、いちばん上の引き出しを開けた。

キャロラインにはその手が心なしか震えているように思えた。だが新しいハンカチをとりだして振り返った彼の手が微動だにしていなかったところを見ると、勘違いだったのだろう。

「今から十分で、客と気持ちよく会えるよう気分を切り替えてもらいたい。バスルームはあそこだ。服は衣装だんすにある。ぼくはいくつか電話をしなければならない」

ルイスが近づいてきた。彼のことを弱い男だと誤解する人間を心底軽蔑する、冷たく落ち着き払ったルイス・バスケスが。

キャロラインは戸口に立ちはだかった。

ルイスが彼女の前で立ち止まった。見上げるほどの背丈、広い肩、謎めいた表情。こんなにどきどきさせられる男性は彼しかいない。

ルイスの眉が問いかけるように弧を描いた。「何かやり残したことがあったかな?」

緊張のあまりキャロラインは喉をごくりとさせたが、とにかく心にあることを言おうと決めた。「あなたは圧倒的に有利な立場なのよ。今さら復讐《ふくしゅう》なんかしなくても、七年前に充分わたしを傷つけたんじゃなかったの?」

彼は手をのばして彼女の青白い頬に触れた。「七年前、そんなことはきかれなかった」

「あのときは愛されていると思っていたのよ。でも、愛ではなかったのね? わたしはたまたまそこにいただけ、疲れる仕事の合間の気楽な遊び相手。そうだったんでしょう?」

ルイスの顔に奇妙な笑みが浮かんだ。「そんなふうに考えていたのか」

「体験から学んだのよ」七年たった今でも、あのときのことを思い出すと胸が苦しくなる。

彼は浅黒い顔を傾け、彼女の耳にささやきかけようと唇を寄せた。キャロラインの体がこわばり、肌があわだつ。「じゃあ、こうして触れられても耐えられるのはどうしてだ?」頬からすべりおりた指先が胸に向かう。彼女の着ている薄いドレスでは、たちまち反応する自分自身を隠せない。

とっさにキャロラインはわきに逃れたが、自己嫌悪と彼への憎しみがふくれあがり、心に渦巻く感情にうまく対処できなかった。

ルイスは何も言わず、邪魔者のいなくなったドアを開けて出ていった。これにはひどく傷ついた。

ひとり残されたキャロラインは弱々しくそばの椅子に座りこんだ。体の下に何かを感じて引っ張りだしてみると、バッグとブラジャーだった。震える指をあざ笑うように黒いシルクの小さな布切れがぶらさがっている。

キャロラインはベッドまで行き、ルイスの脱ぎ捨てたジャケットを拾いあげた。さわやかな香りが広がる。視界はまだ曇っているものの、ほかの感覚は正常に働いているらしい。ジャケットに触れただけで、彼のにおいを嗅《か》ぎ、彼の肌に触れているような気がして、たまらなく彼が恋しくなるのだから。

ブラジャー同様、ジャケットも湿っていた。だからルイスは着替えたのだろう。いちばん湿っているのはブラジャーを突っこんだポケットと、彼女に羽織らせた肩のあたりだ。

思わずもれた寂しさと絶望のため息を誰にも聞かれずにすんだのはありがたかった。ルイスを愛して七週間、彼を憎んで七年が過ぎた。ふたたび巡りあった今、彼への気持ちを抑えきれず、勝ち目のない闘いを挑んでいる。

まるで自分自身の暗い秘密と向きあうようで恐ろしい。憎しみは愛と表裏一体。ロマンチストはつねにそう言ってきた。

いったいどうすればいいの？　手にしていたものをベッドに落とし、背を向ける。答えはわからない。わかりたくもなかった。

衣装だんすにあるという服が自分自身のものだと知ったときは、ルイスの計算のたしかさを思い知らされた。彼はキャロラインがいずれ自分のもとへ来ると確信していたのだ。

事実、マルベーリャに持参したものはすべてこの部屋にある。父を除いて……。急に父のことが心配になってきた。爆発せんばかりの興奮を求めて、砲手の手を離れた大砲よろしく別荘のなかをうろついているのかもしれない。

急いで着替えなければ。キャロラインは設備の整ったバスルームで五分もかけずに泳ぎの名残を洗い流し、髪をとかして軽く化粧をしてから、着るものを選びに行った。

エナメルのハイヒールに足を入れているところへ、ルイスが戻ってきた。キャロラインはボブカットの髪をふわりとさせ、効果的に見える控えめな化粧をしていた。濃い紫のシルククレープのドレスは柔らかい胸のふくらみをのぞかせ、ぴったりと体にまつわりつくというよりも、流れるように下半身の曲線を包んでいる。

デザインはきわめてシンプルながら、彼女の美しさを引き立たせている。いつもは感情を表さないルイスでさえ、目をぎらぎら輝かせるほどだった。

「驚いたな。短い時間でこれだけのことができるとは」

キャロラインは冷たい無表情な顔をルイスに向けた。「父は起きたかしら？」

「真夜中と言ってもいいんだよ、キャロライン。起きるどころか、みんなが寝る時間だ」

「こんな時間にパーティを開く人もいないわ」

そっけない非難に、ルイスはほほ笑んだ。「ぼくはふくろう型の人間でね」

「父もそうよ。どこにいるの？」

「キッチンでシェフとブラックジャックをしている」あっさり答えたルイスは、呆然《ぼうぜん》としているキャロラインを見て怒りだした。「よせよ、ただの冗談だ。彼は賭事《かけごと》じゃなく大広間で客とおしゃべりを楽しんでいる。わかったら、もう少し明るい顔をしてくれ」

明るい顔ですって？　疲れきっているうえに、ストレスで押しつぶされそうなのに。

「くりだすに値するパンチがあったら、あなたにお見舞いしているところよ」

深いため息をついてルイスはキャロラインを引き寄せた。「お父さんは大丈夫だ。今も、これからも。なにしろぼくが面倒を見るんだから。きみだってそれくらいわかるだろう」

「でも父は病的なギャンブル好きなのよ。あの癖はひと晩では直らないわ」

「わかっているさ」

「わたしたちが交わした取り引きのこと、父は知っているの？」

「きみがぼくと一緒にここにいることは知っている。それだけだ」

今から直面しなければならない問題がもうひとつあるんだわ。キャロラインは重苦しい気分でルイスの腕からすり抜けた。不安そうな彼女の横顔を見てルイスはいぶかしげに眉をひそめたが、引き止めようとはしなかった。

彼は先に戸口へ行って、彼女が来るのを待った。キャロラインは黙ってそばに行き、ルイスと並んで大広間に向かった。緊張のあまり全身が小刻みに震えている。

「会う前にお客さまのことを知っておきたいわ」

「心配なのか？」

「ええ」

「その必要はない。みんなぼくの家族だ。銃殺隊ではない」

彼の家族？　キャロラインは不信感をあらわにした。「でも、家族はいないって言ったじゃないの」

彼は奇妙な笑みを浮かべた。「そのとおりだ」突然、ルイスの目に冷たい光がきらめいた。

キャロラインの背筋に寒けが走った。「ずいぶん謎めいた話だこと」

彼はまたしても笑みを浮かべた。「ぼくの秘密兵器だからな」

ルイスは片手をドアにのばし、もう一方の手を彼女の背中にあてがった。背中に電流が走り、彼女は身をのけぞらせた。

「自分の立場を忘れるな」警告するルイスの顔は険しかった。「きみが腹立たしげな様子を見せずに幸せな花嫁の印象を与えることは、ぼくにとって非常に大事なんだ」

キャロラインは何も言わなかったが、彼が大広間のドアを開けたときには言いつけに従って顎を上げ、表情をやわらげた。

まず目を向けたのは緑色の羅紗《ラシャ》張りテーブルだった。ほっとしたことに、白いテーブルクロスがかけられ、アイスペールに入れたシャンパンが数本置かれている。そして先ほど色とりどりのチップを積みあげていたゲームの補佐役が、今度はウエイターとしてシャンパングラスを磨いていた。

次に彼女は客であふれ返る部屋のなかを見まわした。さっきは涙ににじんでいた二十四、五人の客の顔が、今はひとりひとりはっきり見える。ほとんどがスペイン人だ。

彼らを見て、〝高貴な生まれ〟と〝傲慢《ごうまん》〟という皮肉な言葉が脳裏に浮かんだ。この人たちが親戚《しんせき》なら、ルイスは類《たぐい》まれな家柄の出ということになる。若者もいれば、年寄りもいるし、興味津々の人もいれば、ひどく用心深い人もいるけれど、何より彼女がぞっとしたのは、懸命に隠そうとはしているものの彼らから反感がひしひしと伝わってくることだ。

キャロラインにはすぐにわかった。この人たちはルイスが嫌いなのだ。彼の家で彼のシャンパンやもてなしを楽しんでいても、なんらかの理由でそれを腹立たしく思っている。

ただでさえ混乱しているのに、これではなおさらとまどいをおぼえずにはいられない。

そのとき、ようやく父の姿が目に入った。ほかの客人たちから少し離れた場所に面白くもなさそうな顔で立っている。二人が入っていっても、ほかの客人たちのように視線を向けることもなく、しかめっ面で手にしたウイスキーグラスを見つめていた。

父が何を考えているかはありありとわかる。この大勢の人たちの前でルイスに勝てるかどうか、思案しているのだ。ギャンブル熱に浮かされたとき、父の頭はいつもそんなふうに働く。

もうすぐひどいショックを受けることになるんだわ。キャロラインは父親にまったく同情をおぼえなかった。今夜は本当にがっかりさせられた。今回ばかりは父を許せそうにない。

この十年、今回ばかりは、と何度繰り返してきたことだろう。ルイスがどう約束しようと、これからも同じことが繰り返されるに違いない。

「ねえ、ルイス」華麗な赤紫のロングドレスを身にまとった大柄な女性が沈黙を破り、非難がましく言った。「深夜のパーティを楽しむには、わたしは年をとりすぎましたよ。今何時かご存じ？　みんなを呼びつけたあげく、待たせるなんて、ずいぶん失礼じゃないこと？」

「申し訳ありません。ですが、ベアトリス伯母さま、このパーティを開いた理由をお知りになれば、欠席しないでよかったとお思いになりますよ」

「理由って、どんな理由なの？」

「お祝いです、ぼくの信じられないほどの幸運に対する……」

ルイスの手が背中からウエストにすべりおりたが、それが警告を意味するのか、ただ支えているだけなのか、キャロラインにはわからなかった。そのとき父が顔を上げ、アメジスト色よりも灰色に近い目で鋭く娘を見た。

「本日お集まりいただきましたのは」ルイスはよどみない口調で続ける。「バスケス一族のしきたりに従い、みなさんにミス・キャロライン・ニューベリーを紹介するためです。彼女はたった今、ぼくの花嫁、つまり未来の伯爵夫人《コンデサ》になることを約束してくれました」

これには集まった彼の一族ばかりか、キャロライン自身も卒倒しそうになるほど驚いた。ルイスの花嫁が未来の伯爵夫人《コンデサ》なら、彼自身は伯爵《コンデ》ということになる！

ショックの波が全身に広がる。ほかにどうすることもできず、キャロラインはあたりを見渡した。みんな視線を落としている。なんてひどい。誰ひとりお祝いの言葉をかけようともしない。キャロラインは自分のためでなく、ルイスのために腹を立てた。

彼が婚約したばかりの相手に首ったけでないことは、誰も知らないはずなのに。

部屋の奥にひとり離れて立っている父の表情は完全に凍りついている。すぐにぴんときたのだろう。身勝手な妄想にふけっていたとはいえ、父もばかではない。ルイスの発表を聞いて、自分の借金の犠牲になって娘が身を売ったと気づいたのだ。

〝いけない〟父の口元がそう言いたげに動くのを見て、キャロラインの目に涙がこみあげた。

そのとき、水を打ったように静まり返った部屋のなかでただひとり、ため息まじりに口を開いた人がいた。「それはおめでとう」父と同年齢の女性が前に進み出た。「今夜わたしたちをここに集めたのは、貴族の称号を放棄してアメリカに帰るためだとばかり思っていましたよ」

願っていた。本当はそう言いたいんでしょう。ひそかな敵意に満ちていた部屋の雰囲気が、一瞬にして不自然な高揚感に大きく変化したのを感じながら、キャロラインは思った。二人が祝福の言葉をいっせいに浴びたのはそのあとだった。みんなが次々と自己紹介しては抱きしめていく。シャンパンの栓が抜かれ、ゲームの補佐役兼ウエイターが乾杯用のグラスを全員に配ってまわる。

それでもまだ父は人の輪から離れて立っていた。目を覆っていたベールをとられて久しぶりに視界がはっきりしたかのようにこちらを見つめている。キャロラインはぞっとした。娘を見る父の表情が刻一刻と暗くなっていく。

「ルイス……」何か恐ろしいことが起こりそうな予感がして、キャロラインはささやいた。父の手からウイスキーのグラスが絨毯《じゅうたん》に落ちた。「パパ、どうしたの!」呼びかける娘の目の前で、父は顔をゆがめ、胸をかきむしりながら倒れていった。

5

あとは視界がにじんでよく見えなかった。ルイスが床に崩れ落ちる寸前で父を受け止め、ゲーム補佐役兼ウエイターの男性と二人でソファに寝かせてくれた。だが立て続けのショックに、キャロラインは呆然《ぼうぜん》と立ちつくしていた。

わたしのせいだわ。わたしが父をこんな目にあわせたのだ。彼女は身じろぎもできず、自分を責めつづけた。そのとき、ひとりの男性が大股にソファに近づき、床に膝をついた。

彼はキャロラインの父親の首筋に手をあてて脈を調べ、それから蝶《ちょう》ネクタイをほどいて、ドレスシャツのボタンを上からいくつかはずした。

「ビト、すまないが、わたしの車から鞄《かばん》をとってきてくれないか」

ルイスと一緒に父を助けてくれた男性が急いで部屋を出ていったとき、誰かの手がキャロラインの肩をそっと抱いた。

見ると、赤紫のドレスを身にまとった例の女性だった。「心配いりませんよ。夫は医者なの。適切な処置をしてくれますからね」

「あ、あの、父は狭心症なんです。いつもポケットに薬を入れているはずです」ようやく金縛りの状態から回復したキャロラインは父のそばに行こうとした。「パパ！」

しかし、ルイスの伯母が肩をつかんだ。「フィデルにまかせたほうがいいわ」それから落ち着いた口調で、今聞いたばかりの情報を医師である夫に伝えた。

ルイスがさっとキャロラインを振り向いた。ぼくを傷つけるためにひどい秘密をばらしたな、と言わんばかりの目をしている。なぜそんな腹立たしそうな表情で責めるように見られなければならないの？キャロラインにはわけがわからなかった。ルイスは、恐ろしいほど黒ずんだ父の顔に劣らず真っ青な顔をしている。

医師は父のポケットから薬の容器を見つけ、印刷されている文字をすばやく読んだ。鞄をとりに行った男性が戻ってきた。医師は病人の上着を脱がせてシャツの袖《そで》をまくりあげ、血圧測定の準備をするようルイスに頼んで、自分は心音に耳を傾けた。

実に手際がいい。彼には日常茶飯事だろうけれど、キャロラインには人生最悪の経験だった。ルイスとの約束をショックの少ない方法で父親に耳打ちすることを主張しなかったために、こんなことになったのだから。

でも、ついさっき父の顔を見るまでは、気にもしていなかった。父に腹を立て、恨み、父が娘に何をしたか見せつけてショックを与えたいと思っていたくらいだ。

それが、自分が受けた以上にひどい仕打ちをしてしまった。

「意識が戻りはじめたみたいね」ルイスの伯母がつぶやいた。

医師が病人に静かに話しかけている。傍らにうずくまったルイスの表情は今まで見たこともないほど険しい。それを困りきった表情の人たちがとり囲む。美しいクリーム色の絨毯《じゅうたん》にはグラスが転がり、そのまわりに金色の液体がこぼれている。

やがて父の両手が上がって目を覆った。年老いて哀れなほど無防備な父の姿は痛々しかった。キャロラインはベアトリスの腕からすり抜け、父のもとへ行った。

「パパ……」思わずすすり泣きがもれた。ルイスの視線が感じられる。彼は不機嫌そうに立ちあがって伯父のそばの場所を空けてくれた。キャロラインは目を覆っている父の手をそっとはずし、涙声でささやいた。「ごめんなさい」

「ショックを受けた、それだけだ」父はかぼそい声で答えた。「思いがけなかったし、今日は薬をのむのも忘れていた。自業自得だよ。だけどじきによくなる」

血圧計を持った医師が薬の効果が現れるのを見守っている。彼が小さくうなずくのを見たとき、キャロラインはうれし涙をこぼした。

娘の涙を見て、父が土気色の顔を曇らせた。「わたしのために泣くことはない。ただでさえ問題を山ほど抱えているのに、おまえに泣かれては困ってしまうよ」

「でも、わたしのせいなんですもの。ルイスとのことを前もって言っておくべきだったのに……」

「びっくりさせて喜んでいただくつもりだったんです」ルイスが厳しい表情で言った。客を意識し、こんな事態になっても、例のいまいましい取り引きが暴露されないよう自衛しているのだ。

それを理解し、受け入れたのか、父が疲れた目をルイスに向けた。「きみと話しあう必要があるな」

「それはまたの機会に」医師が言った。「今夜はわたしの病院に客として泊まっていただきますよ」

その言葉が終わらないうちに、サイレンの音が近づいてきた。キャロラインは不安にかられ、父の手を強く握ったが、本当に心配だったのは父が反論しようともしないことだった。

「そう心配するな」父が目を開け、弱々しくほほ笑んだ。「これからもおまえの苦労の種でいるつもりだからな」

「約束してくれる?」

「ああ、するとも」父は寂しげにうなずき、娘の背後に立っているルイスを見た。「これはきみが期待する返事ではないだろうな」

「そうですね」

「この子はもう知っているのか?」

「知ってるって、何を?」キャロラインは鋭く質問をはさんだ。

父はひるんだようにまた目を閉じた。会話はそれきりになった。医師が父の腕に巻いた血圧計のパッドに空気を送りはじめた。

二人の病院職員が部屋に入ってきた。キャロラインはルイスにうながされて邪魔にならないよう場所を空けたが、職員が病人を担架に移動させはじめると、また父のそばに戻った。

キャロラインは父と一緒に救急車に乗り、ルイスは自分の車であとからついてきた。いくつか検査を受ける父を待っているとき、心配のあまりまた涙がこみあげてきた。ルイスの伯父フィデルから大した発作ではなかったという検査結果を聞いて、彼女はようやくほっとした。

「ですが、血圧はまだ少し高いようですね。そんなわけで今夜はここにいていただこうと思います。なに、様子を見るだけですよ」

キャロラインはすっかり安心して力が抜け、壁に寄りかかった。ルイスが肩を抱こうとしたが、彼女はその手を振り払った。「わたしは大丈夫よ」

「そうは見えない」

ルイスの反論を無視して、キャロラインは医師にきいた。「今父に会えますか？」

「短い時間なら。しかし鎮静剤が効いていますから、お気づきにならないと思いますよ」

言われたとおり父は眠っていた。顔色はずっとよくなっている。キャロラインは枕《まくら》元に立ち、父の手をそっと撫《な》でた。ベッドの足元に立ったルイスが黙って見守っている。これ以上そこにいてもすることはなく、途方に暮れたキャロラインはルイスにうながされて外に出た。

二人は無言で廊下を引き返していった。考えてみれば、大広間であの恐ろしい出来事が始まって以来、ほとんど口をきいていない。出口にルイスの伯父が待っていた。

彼は二人の顔を交互にしげしげと見つめた。少し見つめすぎるような気もした。「父上はすぐによくなられる。ちょっと驚かれたんでしょう」

「ええ、わかっています」キャロラインはこみあげる涙と闘いながらうなずき、発作的に医師に抱きついた。「本当にありがとうございました」

「わたしも役に立ててよかった」キャロラインが血の気のない顔をしているのに気づいて、フィデルはルイスに助言した。「彼女を連れて帰って、休ませなさい。少なくとも明日の昼までここに来させてはだめだよ」

黒いBMWが駐車場に止まっていた。ルイスが自分で運転してきたのだと思い出したのは、助手席にキャロラインを座らせてから彼が運転席に乗りこんできたときだった。

彼は無言で車を発進させた。外は暗く静まり返っている。ルイスが自分になぞらえたふくろうでさえも巣に引きあげる時間だ。

「ホテルに帰りたいわ」そう言ってみたが、返事がない。運転席のほうを見たキャロラインの目には、硬い表情の横顔しか見えなかった。「ルイス……」

彼はギアを切り替え、プエルト・バヌース港と違う方向にハンドルを切って幹線道路から離れた。日焼けした長い指。まるで熟練した魔術師のように器用だ。そんなくだらないことを考えたのは、これ以上刺激してまた言い争いになるのを避けたかったからだが、やっぱりその話題に戻ってしまった。

「あの人たちとまた顔を合わせるのはいやよ」

「みんなもう家に帰った。パーティはお開きになったよ」ようやく答えたルイスの声は穏やかで、不快な感じはなかった。

「始まってもいないのに?」今夜ルイスが開催しようとしたものを表現するのに〝パーティ〟という言葉が正しいとすればだけれど。ルイスの目的がわからない。彼の家族にも困惑させられる。敵意をむきだしにしていたかと思うと、次の瞬間にはまさかと思うほどどわれを忘れてうれしがるのだから。「あの人たち、あなたを嫌ってるのね」キャロラインはずっと思っていたことを口にした。

「心を決める時間がなかったからだ」

彼女は顔をしかめた。「どういう意味?」

「彼らの人生にぼくが存在したのはほんの数カ月だったという意味さ。父が死んでからのね。父が屋敷や財産、貴族の称号などすべてを婚外子に遺《のこ》したことがわかったんだ、親戚《しんせき》のみんなが存在しないと思いたがった婚外子に」

今聞いたばかりの情報がキャロラインの頭に浸透するのにしばらく時間がかかった。今までずっと不思議に思っていたさまざまなことに、これで説明がつく。

「お父さまのことは知っていたの？」彼女は静かに尋ねた。

「ああ」

「昔から？」

「多少は」

「でも、認知されたのは最近なのね」

車が別荘の門をくぐり、中庭に続くアーチの下に止まった。しかし二人とも車を降りようとしなかった。キャロラインは、もっといろいろ話をしてもらえるかもしれないと思ったからだが、ルイスはどの程度告白するべきか考えていたようだ。

「父は一度認知しようとしたことがある。七年前に。でも実現しなかった」

七年前。七年。キャロラインの肺が一瞬動きを止めた。「なぜなの？」

ルイスがガードを固めた顔つきでこちらを向いたとき、彼女は静電気のシャワーを浴びたような気がした。ルイスが何を考えているにせよ、それは七年前の話で、そのなかに自分が含まれていることは疑う余地もない。

やがてルイスが視線をそらした。「ぼくが欲しかったのは父ではない」それだけ言って、彼は車を降りた。

ひとり残されたキャロラインは、大地が割れてのみこまれるかと思うほどのショックを受けた。なんの話かしら。わたしのこと？　それともわたしたち二人のこと？　もしかしたら、父親に会いにマルベーリャへ来たルイスが、ギャンブルに夢中のイギリス人とその娘に出会った七年前のことなの？

助手席のドアが開き、ルイスが手をさしのべた。彼のそばに降り立ったキャロラインは、その疑問に筋の通った結論を下すのが怖くて、極度の緊張に震えだした。

だけどルイスが、七年前ぼくが欲しかったのはきみだった、などと本気で言うはずがない。愛する女性の父親を身ぐるみはぐわけはないもの。キャロラインはそう結論づけた。

「しっかりしてくれ。今夜は一度にいろんなことが起こりすぎたんだ」

彼の言うとおりだ。目の奥がずきずきする。これ以上何も考えたくない。ベッドにもぐりこんでぐっすり眠る以外、何をするのもいやだ。

真っ暗な屋敷に戻ったキャロラインには、服を脱ぐ力さえ残っていなかった。ぐったりとベッドの端に座りこみ、ずきずきする目を両手で覆う。それをじっと見ていたルイスは、しばらくして衣装だんすの前に行き、ドアを開けた。

大理石の床を横切って近づいてくる足音が聞こえ、膝にシルクのような感触のものがふわりと落ちた。目を覆っていた手を離して見ると、自分が持参したシルクのナイトドレスだった。

ルイスは骨の髄まで疲れきっていたキャロラインを無理やり立ちあがらせ、バスルームに連れていった。「さっぱりして、それに着替えたまえ」

シャワーを浴びただけで戻ってきたとき、ルイスの姿はすでになかった。すぐにベッドに入れるようカバーがめくられている。キャロラインはためらうことなくベッドにもぐりこんだ。心地よいまどろみに落ちそうになったころ、ルイスが戻ってきた。

グラスに氷のぶつかる音がして、彼女は寝ぼけまなこを開けた。ルイスがベッドサイドのテーブルに冷水の入った水差しと二個のグラスを置き、それから声もかけずにさっさとバスルームに行ってドアを閉めた。

キャロラインは迷った。機会があるうちに飛び起きて逃げだすべきか、あるいは彼が次に何をするつもりであるにせよ、それを受け入れるか。

結局逃げださなかった。それほど疲れすぎていたのだ。ルイスが丈の短い黒のバスローブを羽織って出てきた。彼は寝室にさわやかな石鹸《せっけん》の香りと、そして緊張を持ちこんだ。緊張したのは、彼に男性としての自信がみなぎっていたうえに、ローブを脱いでこのベッドにもぐりこむつもりらしいのが明らかだったからだ。

「あなたと寝るつもりはないわ」

衣装だんすに服を片づけていたルイスが手を止めてきいた。「文字どおり寝るという意味か、それとも愛しあうという意味か？」

「両方よ。それに、わたしがそれを許すと思うなんて失礼だわ」

ルイスは何も言わず、また服を片づけはじめた。キャロラインは胸の高鳴りを静めようとしたが無理だった。ルイスがベッドに向かって近づいてきては、なおさら無理だった。

彼は片手を傍らの枕に、もう一方の手をキャロラインの丸めた膝のそばに置いた。

「二つだけはっきりさせておく。ぼくに関するかぎり、あの約束は今も効力がある。きみが受け入れない場合、結果は知ってのとおりだ。受け入れる場合は、ぼくがきみの人生になくてはならない男性だと、お父さんやほかの連中に納得させてもらいたい。わかったね？」

わかったわよ。どうせ今でも選択の余地はないんでしょう。「父に何かあったら、絶対にあなたを許さないから」

ルイスはわずかに顔をしかめた。「その問題はすでに片づけたはずだ」

「それに、今夜あなたに触れられたら、たぶん吐き気がこみあげるわ」

今度はしかめっ面ではなく、うんざりしたようなため息をついてルイスが顔を近づけてきた。温かい息が頬を撫でる。「今ぼくが触れたら、きみは涙を流して必死でぼくに抱きつくさ」

それを証明するかのようにルイスの唇がキャロラインの唇をかすめた。彼が体を起こしたまさにその瞬間、本当に彼女の目に涙があふれた。

しかも吐き気はこみあげてこない。誘惑に負けてしまいそうな気がして、キャロラインは何も言えなかった。ルイスが明かりを消し、部屋が真っ暗になった。シーツのこすれる音がして、ベッドの片側が沈む。

それなのに手ものびてこなければ、大きなベッドの中央を走る目に見えない境界線を彼の体が越える気配もない。言われたとおり彼にしがみつきたがっている自分が腹立たしく、自己嫌悪と闘いながらキャロラインは眠りに落ちた。

そしてまだ暗いうちに目が覚めた。脳が覚めきらない最初のうちは、ゆったりした気分でベッドにうつ伏せに寝ていることしかわからなかった。それだけに、これがルイスのベッドだとわかり、彼の肩に頬をすり寄せ、分厚い胸に腕をのばしていることに気づいたときは、ショックだった。

なお悪いことに彼は目を覚ましていた。仰向けになり、指先で胸に置かれたキャロラインの手を羽根のように軽く愛撫《あいぶ》している。それが性的な行為でないのは直感でわかった。暗闇《くらやみ》を見つめて物思いに沈みながら、無意識に手を動かしているのだろう。

すばらしい気分だった。

心地よすぎて、いつまでもこうしていたいと思うほどだ。でも目が覚めているのに、眠ったふりをしてじっとしていられるだろうか？　脈は速く、息づかいも荒くなっているのに。

傍らにたくましい男性のぬくもりを最後に感じたときから、長く寂しい七年が過ぎた。あのときも相手はルイスだった。浅黒い肌、あふれる性的魅力、かすかに麝香《じゃこう》の香りがまじった清潔なにおい。うっとりするほど懐かしい。

それにしてもなんという皮肉だろう。ほかの男性と愛しあう気をなくさせたルイスと、また同じベッドに横たわっているとは。

ルイスが小さくため息をついた。できるものなら、キャロラインもため息をつきたかった。でも自分の手の内を見せるようなまねはできない。そんなことをしたら、またもや守備固めに追われ、緊張関係が戻って、彼と闘いつづけるはめに陥るのだ。

だけどやっぱりため息がもれてしまう。それを口実に、眠ったふりをしたまま体を離そうとしたとき、ルイスがごろりとこちらを向いた。その拍子に二人の指がからまった。キャロラインは目をつぶろうとしたが遅すぎた。彼女の暗い気持ちを反映したルイスの目。まるで鏡を見ているようだ。ただ彼の目は、二人をとり巻く夜の闇のように黒いけれど。

彼が愛しあいたがっているのは、目を見ればわかる。そして鏡には、彼を欲しがっている自分自身が映っている。もはやそうでないふりはできない。逃げ隠れするには遅すぎるし、そのことは彼女同様ルイスも知っている。これだけはっきりしていれば、なるようにしかならない。

からまった指を使ってルイスがキャロラインを抱き寄せ、熱く固いものを押しつけながら、飢えたように唇を重ねてきた。

ああ、なんてすてきなの。長いあいだ失ったことを悲しんできたものをようやく探しあてた、そんな気分だ。彼女が抵抗も抗議もしなかったせいか、ルイスも同じ思いらしい。

遅い時間、眠け、二人で寝る心地よいぬくもり、ということの環境のせいだったかもしれない。あるいは、すべてを包みこむ暗闇のせいかも。

理由がなんであれ、二人で交わした今までのキスとはまるで違うキスだった。ゆるやかで、信じられないほど優しく、いつ果てるともわからない。キャロラインは宙を漂っているような喜びにわれを忘れ、空いているほうの手をのばして、ルイスの顔を包まずにはいられなかった。目が覚めたら消えてしまうはかない幻想でないことを確かめるために。

ぴんと張った肌にうっすらと髭《ひげ》がのびている。頬から鼻、口へと指先をすべらせると、ルイスが低いうめき声をもらし、抱きあったままキャロラインを仰向けにさせた。

ゆっくりと始まったキスは、激しさを増すにつれ、五感を揺るがしていった。ルイスがからまった指先をほどき、その指をサテンのようになめらかな胸のふくらみにあてた。指先が胸の先端の固いつぼみに触れた瞬間、キャロラインは重なった唇のすきまから思わずあえぎ声をもらした。彼の片方の手はウエストへと這《は》いおりていく。羽根のように軽い愛撫に耐えかねてキャロラインが身をのけぞらせたとき、ルイスが彼女の手をつかみ、自分の胸に導いた。

自分と同じことをせよという命令だ。最後に愛しあったときもそうだった。恋人の欲望を高めるこつを教えてくれたのはルイスだ。彼女の感じるものを彼も感じたがり、彼女を激しい喜びに導く自分の行為を相手からも返されることを望んだ。

けれど、七年間の空白でやり方を忘れていた。キャロラインは分厚い胸の上でおずおずと指先を動かした。その指先が小さな胸の突起を見つけた。親指と人差し指のあいだでためらいがちにもてあそぶと、ルイスはうめき、彼女の頬から喉に唇を這わせて、ついにぴんと張りつめた胸の先端を見つけた。

キャロラインの喉から歓喜の声がもれる。ルイスは何やらつぶやき、彼女の神経を期待に震わせながら片手をすべらせてナイトドレスの裾《すそ》を持ちあげ、頭から脱がせた。

覆うものがなくなった敏感な腿の内側を、指先が這いあがる。キャロラインは彼の肩に口を押しつけてそれに耐えた。彼の唇が胸の頂に戻ってきた。腰にあたる燃えるように熱いものが脈打ちながら大きくふくらんでいく。

指先が目的地に着いたとき、ルイスは彼女にも同じことをさせようとするだろう。でも……。

「ルイス……」キャロラインはささやいた。何かが足りなかった。安心感が欲しかったのか、しばらくの猶予が欲しかったのだろうか。

「しーっ」欲望にはち切れそうなくぐもった声が言う。

やめるように頼むとでも思ったのかしら。そんな疑問が脳裏をかすめたとき、ルイスの指先が針の先端ほどの正確さで目的地を探しあてた。

キャロラインは文字どおり境界線を越え、あえぎとすすり泣きの発作に見舞われた。絶頂感の瀬戸際をふらふらと漂う彼女に気づいたのか、ルイスが小さく罵声《ばせい》を発し、激しく、熱く、さし迫ったキスをしながら侵入してきた。

キャロラインは一瞬緊張したあと、息をもらし、両脚の力を抜いた。ルイスがかすれた声でうめき、二人の体はこれ以上ないほどぴたりと重なった。口と口、胸と胸、腰と腰を合わせ、二人は一体となって動きはじめた。わが物顔に押さえつけるルイス、その背中にしがみつくキャロライン。開いた唇から小刻みに震える息がもれ、ルイスの息とまじる。過去の裏切りも、現在の不信感も、今感じているもの以外どうでもよかった。

キャロラインの息づかいが速くなり、体の動きが激しくなった。ルイスは魂がこなごなに砕け散るような激しい喜びの瞬間を正確に悟った。

やがて、ルイスはキャロラインの首筋にぐったりと顔をうずめた。動くことも話すこともできないのに、二人の気持ちは完全に通じていた。それでもルイスが動く気になったとき、キャロラインは顔を隠せる暗闇があるのがありがたかった。逃げる余地がないほどきつく抱きしめたまま、ルイスが横に仰向けになった。

「これできみはぼくのものだ」

キャロラインはわざわざ言葉を返すまでもなかった。自分がずっと彼のものだったこと、一度も会わなかった七年間でさえそうだったことを理解するのに、特別の才能はいらなかった。

6

次に目が覚めたとき、キャロラインはひとり半透明の陽光に包まれ、裸のまま乱れた白いシーツの海にまたもやうつ伏せになっていた。腕を投げだしているのは、ルイスがそっと出ていくまでそこに彼の温かい体があったからだろう。

それまでの二十四時間を思い出し、ルイスにとって自分がいかに御しやすい女かわかって、胸が大きく鼓動しはじめた。その事実をなんとか受け入れるには、じっと目を閉じているしかない。

なのに、いつのまにか体の奥深くの繊細な組織があのなめらかな侵入を求めて、温かく、そしてかぎりなく官能的に脈打っているのだから恐ろしい。

本当は、またしてもあんなことをしたルイスを憎むべきなのに。キャロラインは自分を叱《しか》りつけた。

寝室のドアをノックする音に、彼女はあわてて体を起こし、素肌に白いシーツを巻きつけた。ドアが開いて、朝食のトレイを手にした若い女性が入ってきた。彼女は恥ずかしそうにほほ笑んだ。

「おはようございます《ブエノス・ディアス》、セニョリータ。ドン・ルイスが病院でお待ちになっているそうです」

病院？　いけない！　父のことをすっかり忘れていた。あわててベッドから出ようとしたとき、若いメイドがつけ加えた。

「ご主人さま《エル・セニョール》はこうもおっしゃいました。お父さまはお元気になられたので、今日中に退院できるとのことです」

キャロラインはベッドの上でそのうれしい知らせを噛《か》みしめた。メイドがトレイを小さなテーブルに下ろし、ほかに何か必要なものはないかときいた。

「ああ、いいえ、ありがとう」キャロラインは丁寧に礼を言ったが、戸口に引き返すメイドを見て、ふと気づいた。「ご主人さま《エル・セニョール》は病院の住所をおっしゃってなかったかしら？　ゆうべは動転していたから、メモするのを忘れたのよ」

「セニョール・マルティネスがお送りします。場所は彼が知っているはずです」

メイドは行ってしまった。彼女はキャロラインがその男性をすでに知っていると思っているらしい。セニョール・マルティネスって、いったい誰？

一時間後にその答えはわかった。ベージュのスラックスに淡いピンクのシャツというカジュアルな服装で中庭に出ていったキャロラインを、ゲーム補佐役兼ウエイターの男性が今度は運転手として黒いＢＭＷの傍らで待っていた。

「おはようございます、ミス・ニューベリー」落ち着いた口調で礼儀正しく挨拶《あいさつ》するマルティネスの低い声には、ルイスと同じ愛すべきアメリカ訛《なまり》があった。

だからこういう仕事をしているのかしら。後部座席のドアを開けに行く彼を見ながら、キャロラインは思った。こういう仕事といっても特定するのは難しいけれど。ルイスの専属ボディガード？ なんでも屋の助手？ 友人？

ルイスにも気心の知れた友人がいると思うとほっとする。キャロラインは内心ほほ笑み、柔らかい革張りの座席に身を沈めた。ルイスはそんなタイプではない。人と交流せず、誰にも心を許さない、そういう人だ。愛しあうときでさえ、本当の自分を隠しているのだから。

彼のそんなところは好きではない。こちらが何もかもさらけだしているのに、心のなかを見せようとしないのはいやだ。愛しあうことを楽しんでいるのはわかる。よほどの愚か者でなければ、抱き寄せるときのあの情熱の激しさを見落とすことはできないはず。でもルイスは何も言わない。絶頂のときでさえ、いらいらするほど静かで、そのとき経験していることを心の奥底に鍵《かぎ》をかけてしまいこむ。

やっぱりセニョール・マルティネスも友達ではないのだろう。ルイスのような人は、友達を弱点と思うものだから。

同様に、セニョール・マルティネスのほうも人が友達に望むタイプではない。冷酷な顔立ちと強靭《きょうじん》な体つきが無慈悲な殺し屋を思わせる。残忍そうな外見にはひどく邪悪な雰囲気があった。

車のエンジンがかかり、ガラスの仕切りが上がって前後の座席が完全に遮断されると、そんなことを考えるチャンスもなくなった。

結局二人は似た者同士なのだ。

父の病室は三階にあった。傷ひとつないフローリングの床を踏みしめ、父に真実を告げる瞬間が近づくにつれて、緊張が高まっていく。

娘のこと、ルイスのこと、そして自分自身のことを父はよく知っている。そもそもここに来たこと自体、すべての関係者を知っていたからだ。父が全容を知ったあと、また昨夜と同じことが起こるのだけは避けたい。

キャロラインはおそるおそる病室に近づいていった。ドアが開けっ放しになっている。窓辺に立って外を見ているルイスの姿がまず目に入った。さんさんと照らす陽光を浴びていつもより大きく見え、より威圧的な雰囲気がある。

侮りがたい威圧感だ。身震いしながら気を引きしめて部屋に入っていったときは、その考えがどれほど予言的か、まったく気づきもしなかった。

気配を察したのかルイスが振り返った。キャロラインはベッドが空なのを見て顔をしかめた。この病室にはバスルームがついている。もしやとそこをのぞきに行ったが、やはり父はいなかった。彼女はしぶしぶルイスに目を向けた。

「父はどこにいるの？」

「心配ないよ。発作がぶり返したわけじゃない」

「だったらどこなの？」

逆光だと彼の顔はよく見えない。キャロラインは答えを待った。表情がわかれば、ベッドをともにしてから初めて会う自分を彼がどう考えているか、あれこれ想像しないですむのに。

「ルイス？」キャロラインは返事を迫った。

「ここにはいない」静かな声だ。

ここにはいないですって？　彼女はますます困惑した。「違う検査か何か受けに行ってるの？」

ルイスが首を振り、二歩前に出た。逆光で表情がわからなくても、彼の存在感は圧倒されるほどだ。キャロラインは思わずあとずさった。

ルイスも彼女同様、カジュアルなズボンにプレーンなTシャツ姿だった。だが中身の男性を作るのは服ではない。キャロラインを警戒させたのはデザイナーのマークでもなければ、ルイスが漂わせる裕福な雰囲気でもなかった。

彼の前では、わたしは手も足も出なくなる。キャロラインは力なく認めた。

「イギリスに帰国された」

「帰国？　そんなはずないわ、弱った体で飛行機に乗るなんて。わたしは父に会わなければならない用事があるのよ」

ルイスがまた二歩ほど近づいた。父が魔法のように現れ、ルイスの間違いを証明してくれるのを期待するかのようにキャロラインは体をぐるりと一回転させ、涙に潤む目でもう一度部屋を見渡してみたが、父の姿はなかった。

これも父と娘を引き離して、支配力を高めようとする彼の計画の一部かもしれない。そう思うと、しだいに吐き気がこみあげてきた。「あなたが送り返したのね？」

「帰国は身辺を整理するためだ」

「いいえ。わたしたち親子が協力して別の解決策でも考えだしたら計画が台なしになると思って、あなたが送り返したのよ」

「ほかに解決策があるとでも？」

いとも穏やかにきき返された質問は、蠍《さそり》の尾の致命的な一撃のような効果があった。

「じゃ、どうして父は帰ったの？」

「罪の意識だよ。娘に合わせる顔がなかったんだろう。だからきみが到着する前に出発されたんだ」

彼女をひとり残して父は逃げた、ルイスはそう言っているのだ。

もうたくさん。これ以上耐えられない。キャロラインは病室を出ていこうとしたが、あふれる涙を隠す暇もなく、ルイスの腕がそっと肩にのびて引き止められた。

「わかってあげてくれ。お父さんはおそらくゆうべ初めて、自分自身を見つめ直されたんじゃないのかな。自分の人生ばかりか、きみの人生までめちゃくちゃにしてきたことを」

「だから逃げたわけ？　ずいぶん勇敢だこと」

「それが最善の策だからだ。お父さんは身辺を整理したいと思っておられる。きみと再度顔を合わせる前に、せめて努力してみようと決心されたお父さんを責めてはいけない」

「だったら、借金は父になんとかさせるべきよ。あなたも結婚相手はほかに見つけるのね。わたしは降りるわ！」キャロラインは腹立たしげにルイスの手を振りほどこうとしたが、締めつけがいっそう強くなっただけだった。

「ぼくは今でも、お父さんの借金の整理を支援するつもりでいる」

キャロラインは息を吸いこみ、できるだけ長く止めておいてから勢いよく吐きだした。その瞬間、すすり泣きがもれた。「わたしもそうよ、たぶん」

「それがぼくたちのとり決めたことだ」

命からがら逃げていく兎《うさぎ》のような父の姿が目に浮かぶ。ルイスは高い巣からそれを見下ろす鷹《たか》だ。獲物が逃げても鷹があわてないのは、別の獲物を視野にしっかりととらえているからだ。

彼女は身震いし、それ以上考えるのをやめた。自分が自分をどう表現するか知りたくなかったからだ。だが、意気地もなく食肉処理業者に引かれていく子羊の姿が脳裏を離れなかった。

キャロラインはあえてルイスを見た。「あなたでも負けることはあるの？」

ルイスの口元がねじれて苦笑が浮かんだ。「めったにない」

彼女はうなずき、それきり会話はとぎれた。何か話すことなどあるだろうか？　ルイスが望んだから自分はここにいて、ルイスが望んだから父は出ていったのだ。

「これからどうするの？」

「これから？」興味深げにきき返したルイスは、美しいけれど冷たくとり澄ましたキャロラインの、これまた美しく冷たいアメジスト色の目をじっと見つめた。「今ここでぼくたちがすることはこれだ」ルイスは一見無邪気そうに言いながら彼女の顎をとらえ、顔を上向かせて激しいキスをした。

思いがけない成り行きに避ける暇もなく、たちまちキャロラインの体は燃えあがった。ルイスはすぐに手を離したが、自分が離したかったから離したにすぎない。

相変わらず苦笑を浮かべて、ルイスはあざけるように彼女の上気した頬を軽くたたいた。「これでほどよく体が温まっただろう」

キャロラインは彼に平手打ちをお見舞いしたかった。それはルイスにも伝わった。彼は悪魔のようなあざけりの目で怒りでどうかした彼女の顔を見据え、やれるものならやってみろと無言で挑発している。

鳥肌が立つような数秒間、二人は身じろぎもせず、口もきかず、息さえしていないように思えた。存在するのは体を貫く緊張感、そしてひたひたと脈打つ敵意だ。しかし、ほかにももっと腹立たしい何かがあった。

セックス、それがその名前だった。熱いセックス、荒れ狂う五感をかき鳴らし、ついには調子はずれの歌を歌わせるセックス。そのときふいに、キャロラインの体内のデリケートな組織が小刻みに震えだした。ルイスを自分のなかに迎え入れたときといやになるほど似ている。こんなの不公平よ。感覚に理性を裏切る権利なんかないのに。胸がひりひり痛み、その柔らかい先端が固く引きしまった欲望の塊となって、無慈悲なルイスの胸を押しはじめた。

「きみとの結婚はすごい冒険になりそうだ」

その言葉には、強く地面にたたきつけられたような効果があった。

今の気持ちをすっかりルイスに見抜かれたままここに立っているよりは、いっそこなごなに砕けたほうがましだ。

「あなたなんか大嫌い」キャロラインは逃げだそうとしたが、突然現れたルイスの伯父フィデル医師によってあえなく阻まれた。

「おや、父上はもう出ていかれたのかな?」彼は驚いた顔をしている。この病室に入ってきたときのキャロラインもこんな顔をしていたのだろう。

「ちょうどロンドン行きの便に空席があって、それを逃したくないとおっしゃいましてね」ルイスが答えた。「来週のぼくたちの結婚式にまにあうよう、早急に片づけておかなければならないことがあるそうです」

来週? きき返そうとしたキャロラインは、言葉に気をつけろと言わんばかりに長い指先に肩をつかまれた。

「そのときまできみたちが生きのびることを祈っているよ」ルイスの伯父が言った。「あの城で食事をするんだとしたら、必ず毒物検知器を持っていくんだな、ルイス。コンスエラのことだ、自分の人生に残されたものをきみに持っていかれるのを見るより、きみたちが深さ二メートルの地中に葬られるのを見たいと願っているはずだよ」

キャロラインにはなんのことかさっぱりわからなかった。だけど、どうやら彼女とルイスは一週間以内に結婚する予定になっているらしい。

「父上のことなら心配いらないよ、キャロライン」フィデルがほほ笑みを浮かべた。彼女の表情を父親を心配してのことと受けとったようだ。「今朝はとてもお元気だった。ゆうべあんな経験をされたのだから、薬ののみ忘れもないだろうしね」そのとき彼の携帯電話が鳴りだした。フィデル医師はキャロラインの頬に愛情のこもった軽いキスをして、快活に言った。「二人とも、教会で会おう。神の思《おぼ》し召しがありますように」

彼の退場の仕方は、現れたとき同様、すばやかった。

「毒物検知器が必要って、なんのこと?」さっそくキャロラインはルイスに質問を浴びせた。「城ってなんなの? 結婚式っていうのも初耳だわ」

「結婚式のことはきみも知っているはずだろう。城は輝かしい爵位とともにぼくが相続した。毒物検知器というのはただの冗談さ。あまり面白くもないけどね」

キャロラインには冗談どころか、ひどくまじめな忠告に思えた。「ここでいったい何が行われようとしているのか、本当のことを教えて」怒りが噴きだした。

「長年の確執と財産争いだ」ルイスはそう言っただけで、キャロラインを人の多い廊下に連れだしたので、それ以上詳しい話はできなかった。

ビト・マルティネスが駐車場に止めた車のそばで二人を待っていた。

「何か伝言は?」

「急ぎの用は何も」マルティネスはキャロラインのほうに意味ありげな視線を向けた。

ほかのこと同様、それがキャロラインの気にさわった。「二人とも秘密情報機関に入るべきね」彼女は吐き捨て、さっさと後部座席に乗りこんだ。

しばらくしてルイスが隣に座り、ドアが閉まった。エンジンがかかり、運転席との仕切りガラスが上がって、BMWは静かに走りだした。

「ビトに悪気はないんだ」ルイスが言う。

キャロラインは怒りでアメジスト色からくすんだ灰色に変わった目でルイスをにらみつけ、皮肉っぽくきいた。「ビトって？　ギャンブルの進行係、ウエイター、運転手のうち、どのビトのこと？」

「うちの警備主任で、もっとも信頼できる従業員のビトだ」

「あらそう。ミスターなんでも屋ってわけね。つまり、あなたがいてほしくないと思う病気の年寄りを国外追放ずるかと思えば、あなたになり代わって敵の足の爪を引き抜く係なのね」

「お父さんを空港に送ったのはビトではない。彼はきみを病院に送ってきたんだから」

「あら。じゃあ、彼には助手がいるんだわ」

ルイスは不快そうに眉根を寄せた。「喧嘩《けんか》を売っているのか」

たしかに彼の言うとおりだ。

ルイスの目つきが険しくなった。「せいぜい気をつけるんだな」

「車を止めて」

なぜそんなことを言ったのか自分でもわからない。だがルイスは身を乗りだし、仕切りのガラスを下げるスイッチを押した。

「ビト、車を止めてくれ」ルイスの命令に応じて、車は静かに止まった。

そして気づいたときには、キャロラインは道路の端に降ろされていた。こんなのまともじゃない。何もかも正気の沙汰《さた》とは思えないわ。ここマルベーリャで、わたしはどうすればいいのよ。ルイス・バスケスにすべてを支配されているというのに。キャロラインは途方に暮れてマラガ湾を見下ろし、焼けつくような日差しを浴びているにもかかわらず、身を震わせた。

やがて舗装した道路を近づいてくるルイスの足音が聞こえた。背後で足音が止まったとき、近いとは感じたが、すぐ後ろだとは思わなかった。目の奥がずきずきして、頭も痛い。そのうえ、またあの鋼鉄のベルトが胸を締めつけている。

「再会して数時間のうちに、あなたはわたしをだまして、脅迫して、かどわかして、誘惑したのよ」彼女は引きつった声で言った。「それから父の入院を手伝い、きれいさっぱり追い払った。要するに、計画どおり次から次へとわたしにショックを与えたのよね。たぶん、つねにわたしの精神状態を不安定にしておくためでしょうけど。それで、あなたは何を知っているの、ルイス？」

「何って？」

「どうしてこんな仕打ちをするのか、わたしにはさっぱりわからないのよ！」

彼は黙っている。わたしは本気で答えを期待していたのだろうか？　キャロラインはくるりと振り向いてまっすぐにルイスの顔を見たが、いつものことながら何も読みとれなかった。沈黙に耐えかねて説明する気になるかもしれないと黙って待つうちに、七年前の七週間に及ぶ恋愛期間を思い出し、彼にこんな扱いを受ける理由を知る手がかりを探していた。

だが頭に浮かぶのは、これを最後とマルベーリャを出た夜の醜い争いの場面だけだ。あのときもルイスは、キャロラインが矢継ぎ早に浴びせる非難に今と同じように耐えていた。

「どうしてあんなひどいまねができたの？　わたしの持っているものを何もかもとりあげたあげくに突き放して、夜ごとカジノで父からお金を巻きあげるなんて」

「お父さんがぼくから金を巻きあげようとしたとは考えないのか？」

「だって、あなたはプロでしょう！」彼女はつい大声をあげた。「自分で言ったじゃないの、ギャンブルで生活費を稼いでるって。それにひきかえ、父はだまされやすいただの素人よ」

「彼のギャンブル好きは病的だ。その手のギャンブラーは、勝負さえできれば相手は誰でも気にしないものだ」

「父はあなたと勝負したと言っているわ。父が嘘《うそ》をついたとでも？」

「いや、嘘ではない」

それがもとで美しい恋は終わり、キャロラインはルイスの前から去ったのだ。彼女は追憶にひたった。彼は引き止めようともしなかった。それ以来、まぶたを閉じれば別れたときの彼の冷たい表情が脳裏に浮かび、あんな恋をするのではなかったと思いつづけている。

「今度のことは昔とは関係ない。関係があるのは未来だ」

あまりにも唐突な言葉にキャロラインは目をしばたたき、ようやく、思い出にふける前にきいた彼女の質問に彼が答えているのだと気づいた。

「相続を確実なものにするためには妻が必要だ。どうせ結婚しなければならないのなら、きみを妻にしようと決めたんだ。これで少しは気分がよくなったかい？」

いいえ、全然。「つまり、わたしは目的を達成するために都合のいい手段だったわけね」わたしは彼にとってなんと御しやすい相手だったことか。口説く必要さえなく、拒否できない餌《えさ》で釣ればよかったのだから。

「きみにとってぼくもそうだ。つまり、お互いさまってわけだ。違うかい？」

キャロラインは口ごもった。言われてみればそのとおりだ。

ルイスは残酷にも、彼女がもう逆らわないとはっきりするまで待ってからきいた。「さあ、もういいかな？　明日の朝ここを発《た》つから、その前にすませておくべきことがいろいろあるんでね」

発つですって！　またもや不意打ちをくらい、キャロラインはよろめいた。「どこへ行くの？」

「コルドバだ」ルイスはきびすを返し、車が止まっているほうへ大股に戻っていく。

腹立たしかったが、キャロラインは従うしかなかった。ほかに何ができただろう。「コルドバに何があるの？」車に戻ってから彼女はきいた。

「山間《やまあい》に通称アンヘレス家の谷《バリエ・デ・ロス・アンヘレス》と呼ばれる小さな谷がある」スピードが出はじめた車のなかでルイスが説明した。「そこにそびえるアンヘレス城《カスティリョ・デ・ロス・アンヘレス》は、アンヘレス家の伯爵《コンデ・デル・バリエ・デ・ロス・アンヘレス》、要するにルイス・アンヘレス・デ・バスケスのものだ」

キャロラインはつい今しがた、ありったけの皮肉をぶつけたつもりだったが、この瞬間、自分がいかに無知だったか思い知らされた。

「伯爵《エル・コンデ》は」彼は同じく神経が縮みあがるような口調で続けた。「谷の教会で古式にのっとって婚約者と結婚し、花嫁を荘厳な城《カスティリョ》に連れ帰ることになっている。新しい伯爵夫人《コンデサ》をうっとりさせてやるのは、住み着いた魔女を追放してからだ」

「魔女？」

「ああ《シー》。コンスエラ・エングラシア・デ・バスケス、現在の伯爵夫人《コンデサ》だ」

「伯父さまがおっしゃっていた方ね」

「そうだ《シー》。あの伯父は非常に洞察力がある。わが一族で信用できるのは彼だけだ」ルイスはより真剣な口調でつけ加えた。「だから愛する人《ケリーダ》よ、ぼくが言ったことを忘れるな」

7

ぼくが言ったことを忘れるな、とルイスは言った。

しかし二十四時間たってもそれを忘れていないのは彼のほうで、コルドバに近づくにつれてぴりぴりしていくのがわかった。

何をいらいらしているのかしら。同乗しているのは、偉そうに人生を乗っとられても文句ひとつ言わない臆病《おくびょう》で従順な女なのだから、彼は喜んでいいはずなのに。傍らに座ってめまぐるしく変わる窓の外の景色を見つめながら、キャロラインは思った。もっとも、きのうはマルベーリャの路上でちょっとした出来事があった。

でもほかのことでは文句を言うチャンスがなかった。キャロラインを別荘に送り届けると、ルイスはすぐまたビトと飛びだし、今朝迎えに戻ってくるまで姿を見せなかった。

戻ってきたときは薄手の黒い麻のスーツに白いシャツという旅行用の軽装で、今と同じようにぴりぴりしていた。

「準備はできたね。荷物はそれか？　では、出かけよう」失礼なほどそっけない口調だった。彼は、キャロラインが旅行用に選んだ藤《ふじ》色のブラウスとクリーム色のスカートに視線を走らせたきり、まともに目も合わせようとしなかった。

目を合わせたら、キャロラインがまた聞きたくもない話を始めるきっかけを与えると思っていたのだろう。車が動きだしてからも、彼のまわりには目に見えない壁が張りめぐらされている。今も気持ちが変わっていないということだ。

おそらく、ゆうべどこに泊まったかきかれるのが怖いのだろう。キャロラインの傍らで眠った形跡がなかったのはたしかだから、目も合わせようとしないのはそのせいだと思う。でも一見して、ゆうべあまり眠っていないようだとわかる。

おかげで、わたしは赤ん坊のようにぐっすり眠ったわ。目が覚めて、傍らのシーツが眠る前と同じように乱れていないのを知るまで、あなたが恋しいとも思わなかったわよ！

嘘《うそ》ばっかり。頭のなかでささやく声がする。夜中に何度も目を覚ましては、そのたびにまだ彼が帰っていないと心配したくせに。そして彼に会いたくて仕方なかったくせに。その声は、ただでさえ悲しい嘘をいっそう悲しくさせた。

「くそっ」ルイスがののしり声をあげ、車を急停止させた。「曲がり角を見落としたようだ」

彼は乱暴にギアを入れ替え、ロス・アミノスという場所が左手にあることを示す標識の手前まで車をバックさせた。そこでまた車を止め、いらだたしげにため息をつく。そしてグローブボックスから道路地図をとりだしてハンドルの上にのせ、厳しい表情でにらみつけた。

「場所がわからないの？」

「ああ」

それ以上きく気になれないほど、無愛想で不機嫌な声だった。だけど、どうもおかしい。ルイスの記憶力が写真のように完璧《かんぺき》なのは知っている。道に迷うとは思えない。

「お城には何度行ったことがあるの？」

長い人差し指がマルベーリャとコルドバをつなぐ道に引かれた赤い線をたどっている。

「行ったことはない」

キャロラインは意味がわからなかった。やがて人差し指が止まった。交差点を指している。おそらくこの交差点だろう。ルイスが目を上げて標識を読み、それからまた視線を落として、地図に示されている場所がその交差点であることを確認した。

「マルベーリャからは行ったことがないという意味なのね？」

　人差し指がまた動きを再開し、コルドバの縁をかすめて左に向かう線をたどりはじめた。

「行ったことがない、そう言ったんだ。これ以上蒸し返さないでくれ」指はアンヘレス家の谷《バリエ・デ・ロス・アンヘレス》と書かれた一点で止まった。

　キャロラインは驚き、思わずルイスの不機嫌な横顔を眺めた。「どうして？」

　ルイスはそれには答えず、地図をまた丁寧にたたんだ。道に迷う前と同じ緊張が戻ってきた。

「ルイス？」

「歓迎されないことがわかっていたからだ。もういいだろう」

「だって、あなたのお城じゃないの」

「だからといって歓迎されるとはかぎらない」

　ふいにあることがひらめいた。「城に住み着いている魔女って、お父さまの妻のことね？」

「そのとおり」ルイスはギアを入れた。

「彼女は、その、あなたを嫌ってるの？」キャロラインは優しく言ってみたが、相変わらず冷ややかな笑みを返された。

「自分の息子が継ぐべき爵位を横どりされたら、誰だって嫌うさ」

　彼のお父さんにもうひとり息子がいたの？　ルイスの異母兄弟が？　そんなことを考えていたとき、車が左側のわき道に急ハンドルを切った。目の前には曲がりくねった道がどこまでも続いている。ルイスが力いっぱいアクセルを踏んで加速した。最高の快適さを求めたオーダーメードの高級車といえども、ききたい質問を山ほど抱えた同乗者と、それに答えるのを明らかにいやがっている運転者が醸しだす険悪な雰囲気は変えられなかった。

だがキャロラインは我慢できなかった。「どうしてその人でなくて、あなたなの？」

「ぼくが婚外子で、彼はそうじゃないのにって言いたいのか？」ルイスが自嘲《じちょう》ぎみにきき返した。

なんてあからさまな言い方。これでは、こっちが恥ずかしくなってしまう。今でこそ人に言えない秘密があるらしいルイスも、七年前は自分の生まれ育ちについて包み隠さず話してくれた。父親がいないこと、ニューヨークの裏通りのみすぼらしいアパートメントで母親と暮らしていたこと、生活を支えるために母が必死で働いたこと、わずか九歳でその母と死に別れ、州の施設で育ったことまで。

「ぼくには個人資産がたくさんあるが、一族は実質的に破産状態だ。だからぼくが選ばれた」

つまり、父親の希望というより、都合上仕方なく後継者に選ばれたというわけだ。なるほど、それならルイスが苦々しく皮肉っぽい口調になるのもよくわかる。

「お父さまの妻と息子さんはどうなるの？」

「冷たい世間にほうりだされる。ぼくが今までずっとそうされてきたようにね」

今まで相続財産をほうっておいたのはそのためだったのね。ルイスもばかではない。行けば何が待っているか知っている。それでもまだ彼女のなかには、きかずにいられない疑問がひとつあった。

「それとわたしたちの結婚がどう関係あるの？」

ルイスは唇を引き結び、目をぎらぎらさせて、曲がりくねった道路に沿って車を走らせている。答えないつもりだろうか。キャロラインがそう思いかけたとき、ようやく沈黙が破られた。「ぼくたちの結婚は、二人を冷たい世間にほうりだすための手段だ。父の遺言によれば、ぼくが結婚するまで二人は城に住んでもいいことになっている」

残忍なルイスがまた姿を見せた。キャロラインはその親子が気の毒になってきた。

「許しという言葉を聞いたことはないの?」

「許しは、それを望む人にだけ与えられる」

如才なく賢明な答えだったが、キャロラインはぞっとし、黙りこまずにはいられなかった。それから活気のない小さな村ロス・アミノスに入るまで、沈黙が続いた。

「ここでひと休みして早めの昼食にしよう」

キャロラインにも異存はなかった。長いドライブで体が痛かったし、喉も渇いてきた。先の見えないドライブを続けるより、食事をとりがてら休憩するほうがずっとありがたい。

ルイスが色あせた青い日よけの下に木製のテーブルがいくつか置かれているカフェを見つけ、歩道の縁石に寄せて車を止めた。

店はお世辞にもしゃれているとは言えなかったが、かごに盛って出されたパンと新鮮なサラダはおいしかった。

キャロラインがコーラを注文したのに合わせてルイスもコーラを頼み、いつもそうしているかのように二人で昼食をとった。だが張りつめた雰囲気はそのまま続いた。

大きなパンの塊にまた手をのばすついでにキャロラインはきいてみた。「ここからまだ遠いの?」

「ここまでと同じくらいだ」

キャロラインが思わずもらしたため息は、あくびに変わった。気温も湿度も高かったし、ゆうべほとんど眠っていなかったので、今になってその影響が出はじめたようだ。

「疲れたのか?」

「暑くて、おまけに長旅ですもの。それはそうと、ゆうべはどこに泊まったの?」ルイスの目が光ったのを見て、彼女は舌を噛《か》み切りたくなった。

「ぼくがいなくて寂しかったんだろう？」

「いいえ、ぐっすり眠ったわ」

「ぼくはきみがいなくて寂しかった」かすれた声がささやく。

からかっているだけだろうとおそるおそる目を上げたキャロラインは、はっとした。気詰まりな雰囲気が一変した。ルイスは裸の女性でも見るような目でじっと見つめている。

キャロラインはすばやく視線をそらしたが、体の内側が強く緊張するのを止めるには遅すぎた。両脚のあいだにうずくような感覚が走る。

「どこかへ行こう」

ルイスの申し出に、パンが喉に詰まりそうになり、キャロラインはあわててコーラで流しこんだ。

「ただ、イエスと言えばいい」

「だめよ、ルイス」せっかくそう答えたのに、また彼の目を見たのが間違いだった。

その目は燃えていた。彼はわたしを欲しがっている、それも今すぐに。

「やめて」頬がかっと熱くなる。震えながらサラダボウルにのばした手は、途中でルイスにつかまれた。

高圧線にでも触れたようだった。キャロラインは鋭い悲鳴をあげて手をひっこめた。ルイスが低いののしり声をあげ、腹立たしげに立ちあがった。

二人のあいだに何が起こっているのかわからなかったので、彼女にはショックだった。呆然《ぼうぜん》と見ていると、ルイスがポケットから金を出してテーブルに投げ、キャロラインの手をつかんだ。

今度は感電してしまったのか、彼は手を放してくれなかった。キャロラインは親に反抗して折檻《せっかん》される子供のように、かんかん照りの舗装されていない道路に引きずっていかれた。

キャロラインは文句のひとつも言いたかったたし、車は反対側に止めてあるのにいったいどこへ行くつもりなの、と問いただしてもみたかった。だが彼の顔に刻みこまれた激しい表情を見て、言葉は喉で凍りついた。

突然ルイスが立ち止まり、キャロラインは強引に小さな建物へと連れこまれた。そこがホテルのロビーだとわかったのは、なかに入ってからだった。

「ルイス、やめて！」彼の意図がわかり、キャロラインはあえいだ。

彼は彼女の抗議を完全に無視した。悪魔にでも魅入られたような顔で、このホテルで最高のスイートルームの値段交渉を始めたときは、恥ずかしさにキャロラインの頬が真っ赤になった。

フロントの男性は意味ありげな視線をちらちらと投げてくる。ルイスはカウンターに札束を置き、紙にサインして、男のさしだす鍵《かぎ》を受けとった。

「こんなことをするなんて信じられない！」引きずられながら階段をのぼっていくキャロラインは絞りだすような声で抗議した。

ルイスはぞっとする表情で黙りこくったまま、狭い踊り場のそばにあるドアの鍵をあけて、キャロラインを部屋に押しこんだ。

ホテルはこぢんまりとして飾りけがなかった。部屋は窓の鎧戸《よろいど》が閉まっていて薄暗い。家具はベッドにテーブル、二脚の椅子があるだけで、むっとする暑さをやわらげる空調設備もない。だがキャロラインの背後でドアが閉まったとき、部屋のことは二の次になった。こういう場合どう感じるべきかはわかっている。だが、それとは似ても似つかないぞくぞくするような興奮に息が詰まる。

「いったい何を考えているの？」彼女は懸命に声を振りしぼった。

またしてもルイスは答えなかったが、答える必要もなかった。彫りの深いその顔を見れば、彼が何を考えているかはきくまでもない。

キャロラインは目を見開き、ジャケットとシャツを脱ぐルイスをかたずをのんで見守った。

その二つを椅子にほうると、彼は小麦色の胸をふくらませ、服を脱ぐことが生死にかかわる重大事だったかのようにゆったりと緊張を解いた。

まるで炎と氷だ。彼の情熱を表す炎と、他人を抑えつける媒体としての氷。なんと強力な組み合わせだろう。炎は、自分自身存在していることさえ知らなかったキャロラインの秘密のエンジンに点火し、全身に命を吹きこんだ。彼女にとって初めての経験だった。ルイスのなかで氷が徐々に解け、女体を焦がす炎だけが残っていくさまを、キャロラインはうっとりと見つめていた。

「ルイス、いけないわ……」気持ちとは裏腹にそう言いかけたとき、ルイスが手首をつかんで引き寄せ、自分の首に巻きつかせた。

頭を傾けて彼女のブラウスのボタンをはずしはじめたせいで、情熱に燃える目が長いまつげに隠された。

興奮していたのか、ただ怖かっただけなのか。いずれにせよ、キャロラインは逃げようとはしなかった。ブラウスがそっと脱がされ、薄いシルクのブラジャーが現れたときは、愛撫《あいぶ》してほしくて軽く背中をそらした。ルイスは、息もできないほどすばらしいやり方でその誘いに応じた。愛撫は期待ほど激しくはなかったが、彼女には充分だった。

「どうして?」キャロラインはささやいた。いつもなら欲望をいとも冷たく残酷に抑えるルイスが、今度ばかりは違う。

「きみが必要だ」言ったのはそれだけだった。ルイスは口で荒々しくキャロラインの唇をこじ開けた。服は次々とはぎとられ、欲望と汗にまみれた素肌と素肌がぴったり重なる。

二人がベッドに倒れこんだとたん、さわやかな糊《のり》の香りが鼻をついた。この香りで何もかも完璧になった。なぜかキャロラインはそう思った。

夢中で愛しあっているうちに、いつのまにか午後になっていた。だが二人は気づかず、どこへ行こうとしているかも忘れた。というより、忘れることを選んだのかもしれない。そんなことはもうどうでもよかった。心の抑制をすべて解き放ち、あらゆる感覚を探索するほうがはるかに魅力的だった。

二人は午後中愛しあった。愛しあったあと腕と脚をからませてしばらく眠り、また愛しあった。

「わたしたち、どうしてここでこんなことをしているの？」

「きみはいつも質問攻めだな」

「あなたが思いがけないことばかりするからよ」

「今度の質問の答えははっきりしている。きみがあまりにも美しくて魅力的だから、向こうに着くまで我慢できなかった……」

それから始まったキスは、あとの言葉を忘却のかなたへ吹き飛ばした。けれど、キャロラインにはわかっていた。ルイスの言葉がどんなに耳に快くても、それがここでこんなふうに愛しあった本当の理由ではない。

昼食のテーブルで昨夜ルイスがいなくて寂しかったと心ならずも認めたことが、何かの引き金になったに違いない。その何かがわかれば、ルイスを理解するきっかけになる気がする。

暗くなる前に目的地に着くためには、そろそろ出発しなければならなかった。気は進まないながらも二人はようやく決心した。キャロラインは、廊下の先にある小さなバスルームにシャワーを浴びに行った。戻ってきたとき、太陽はすでに建物の反対側に移動し、ルイスが鎧戸と窓を開けて、生暖かい外気を室内に入れていた。

驚いたことに、サンドイッチの皿と冷水を満たした大きな水差しがのった木製のトレイが、小さなテーブルに置いてある。

「あら、さすがホテルの経営者ね」

からかうような口調にルイスは苦笑し、二つのグラスに水をついだ。「二人ともまともに昼を食べてないし、スペイン人の夕食が伝統的に遅いことを考えれば、出かける前に軽く食べておいたほうがいいと思ってね」

水差しからグラスに落ちる氷の音に誘われ、キャロラインは部屋を横切っていった。そのときまで気づかなかったが、喉がからからだった。

「チーズとハムのサンドイッチだ。適当にやっていてくれ」そう言い残してルイスはシャワーを浴びに行った。

キャロラインはありがたく水を飲み、あらためて部屋を見まわした。

暗く神秘的で欲望をそそられるだけだった部屋が、今は明るい日差しに、興味深い別の姿を見せている。年代を経て風格が出た淡い緑色に塗られた壁。ぴかぴかの床に広げられた分厚い手織りの敷物。よじのぼるという表現がふさわしいくらい大きくて重厚な古めかしいベッド。ベッドの両側の飾り棚。その上には、戦後のコレクター市場でかなりの高値を呼びそうなテーブルランプが置かれている。

仕事でアンティークにかかわっている人間の目で見てしまう自分に苦笑がもれる。キャロラインはサンドイッチをつまんで、小さなテーブルの傍らに置かれた革張りのアームチェアに身を沈めた。すてきなランプだ。このランプは飾り棚の上がよく似合っている。だから今は、オークションで競り落とされる金額など考えたくもない。

部屋全体も好きだ。その理由もわかっている。この部屋は、ルイスに対する気持ちとついに折り合いをつけた場所として記憶に残るだろう。過去に利用され、今も利用されていても、キャロラインは彼を愛し、彼を求め、彼と一緒にいたかった。

たとえわたしが愛するように愛してくれなくても、ルイスが肉体的に激しい欲望を感じているのは疑いようもない。それがあれば生きていける。そこから積みあげていけばいいのだから。

シャワーから戻ってきたルイスがサンドイッチをつまんで、もうひとつの椅子に腰を下ろした。「あまり立派なホテルとは言えないな」

「わたしはこういう辺鄙《へんぴ》なところが好きよ」

「冷暖房が完備した五つ星の高級ホテルとは対照的だけど？」

「そうね。でもここには心があるわ。真っ暗なクロゼットのなかに隠された秘密が、ずっと昔のいろいろな出来事を教えてくれるの。たとえばこの椅子、最初に誰が座ったのかしら？　このすてきなテーブルにインクをこぼしたのは誰？　もしかしたら、心に秘めた恋人に別れの手紙を書いているとき、涙に視界が曇ってインク瓶をひっくり返した女の人かもしれない。それとも男の人かしら？　夢中で長編小説にとり組んでいるとき、うっかりインクをこぼしたとか？」父なら理解してくれただろう。いつもそんな話をしているのだから。

しかしルイスには初めての経験だった。「五つ星ホテルでもそういうことはしょっちゅうあるさ」

「あなたのホテルで誰かがテーブルにインクをこぼしたら、すぐさま新しいのととり替えるでしょう。そこに心はないのよ、ルイス」

「古くて、できれば傷のあるものがいい。きみはそう言いたいのか？」

「古くてもいいものはいいし、傷があっても好きなものは好き。新しいものも好きよ。そこに語りかけるものがあればね。好奇心をそそられるものが好きなのよ」

「それなら、これから行くところも好奇心をそそられると思うよ」

ふいに皮肉屋のルイスが戻ってきた。キャロラインは手をのばし、テーブル越しにルイスの手に重ねた。「お願い、そんな言い方しないで」

しばらく石のように硬い表情でその手を見下ろしていたルイスは、やがて小さくため息をつき、彼女の手をとって立ちあがらせた。そして詫《わ》びるように優しく唇を重ねた。だがキャロラインが心をこめてキスを返そうとしたとき、彼は体を引いた。「そろそろ出かけよう」

キャロラインは悟った。ほとんど完璧に心が通いあった午後はもう終わったのだ……。

8

ロス・アミノスを出発し、また目的地まで三十キロあまりのドライブが始まった。その距離をほぼ走破したころ、えんえんと続いていた平野が起伏の激しい丘陵地に変わり、それから木々に覆われた山並みに変わった。

走っている道路も一変した。車一台がやっと通れる幅になり、くねくねとうねりながら険しい坂をのぼっていく。片側はそそり立つ山で、反対側には深い谷底が広がっている。

「あとどのくらいなの？」キャロラインは尋ねた。ずいぶんのぼったような気がする。

「次の谷だ」ルイスは顎を引き、関節が白く浮きあがるほどハンドルを握りしめている。緊張が戻ってきたようだ。

こんなところに来たくなかった、と彼は言った。あらかじめ自分を憎み嫌うように方向づけされている人々と会いたくはないのだろう。

途中で山の空気が急に冷たくなったのは、不吉な予告だろうか？　キャロラインは小さく身を震わせ、鳥肌が立った腕をさすった。

ルイスがすぐにエアコンを冷房から暖房に切り替えた。「セーターを持ってくるべきだったな」

「こんなところだと知っていれば、言われなくてもそうしたわ」

「後ろの席に敷物がある」

「大丈夫よ」キャロラインは言った。だが、ルイスのほうはそうではなかった。山をのぼればのぼるほど、ますます緊張していくのがわかる。「その気なら、いつだって母親違いの弟さんにすべてを譲り渡して、堂々と出ていくこともできるじゃない」そっと言ってみる。

彼は首を振った。「その選択肢はない」

「向こうがすべてを持っていて、あなたが何も持っていなかった間の責任が彼にあると思うから？」

「そうじゃない。ただ選択肢にないだけだ」声が引きつっている。

非常に物騒な動物をつついているのだと気づいてキャロラインはため息をつき、口をつぐんだ。

車は二つの高い山頂のあいだを走っている。そして鋭角のカーブを曲がった瞬間、ふいに視界が開けた。

なんて美しい場所だろう。

「ああ、ルイス」吐息がもれる。

しばらく凍りついていたかに見えたルイスが、やがて車を止めた。

二人はシートに座ったまま、感動のあまり声もなく、前方に広がる景色に見入った。

これがアンヘレス家の谷《バリエ・デ・ロス・アンヘレス》なのね。しかも、今二人が見ているのは、この谷がもっとも美しい瞬間に違いない。炎のような夕日がみずみずしい緑の斜面を照らし、魔法でもかけたように広々とした谷底を染めている。

眼下に村の広場が見える。まんなかに小さな教会があり、そのまわりを夕日に赤く染まった白壁の建物がとり囲む。そこから谷間と平行に川がゆるやかに流れ、そのそばを狭い道が、ずらりと並んだ果物畑らしい畝のなかを縫うように走っている。

そしてひときわ目立つのが、すべてのおとぎばなしはここから生まれてきたかと思えるような赤い屋根に白壁の城だった。銃眼のついた胸壁と円筒状の塔、さらには川にかかった跳ね橋まである。道は城の前で終わっていた。

「すばらしいわ」

キャロラインの声に、ルイスは夢から覚めたように体をこわばらせたものの、何も言わず、またギアを入れて車をスタートさせた。全身からにじみ出る緊張に、キャロラインは言葉もかけられなかった。

片側が身の毛もよだつ断崖《だんがい》絶壁だったここまでの上り坂と違い、この先は丁寧に耕された段々畑が両側に広がるなかをジグザグに下っていく。緑豊かに生い茂る木々を見れば、この土地が肥沃《ひよく》なのは明らかだ。想像できるかぎりの果物の木が育っているのも不思議はない。

車は村のすぐ裏手にあたる谷のふもとに着いた。車で村を抜けるのはまた別の新たな体験だった。散歩している人、誰かと立ち話をしている人、遊んでいる子供たち、そのまわりで吠《ほ》える犬。まるで別世界に来たようだ。飾りけのない服を身につけた目と髪の黒い人たち、しみひとつない白壁の家、鮮やかな色に塗られた扉や鎧戸《よろいど》。何もかもが現実とは思えない。

人々が立ち止まったり、おしゃべりをやめて通りすぎる車にじっと視線を向けてくるのに気づいて、その気持ちはさらに強まった。

どうやら、村の人たちは車に乗った二人が誰か知っているらしい。少なくともルイスを知っているのは間違いなさそうだ。日差しの照りつける窓越しに、みんなが興味津々の顔つきでルイスの浅黒く厳しい横顔をのぞきこんだとき、キャロラインは背筋にぞっとするものを感じた。

「これからあなたを伯爵《エル・コンデ》と呼ぼうかしら？」緊張をほぐしたくて、おそるおそる言ってみる。

「バスケス家の婚外子とでも呼ぶんだな」ルイスが吐き捨てた。

そんな彼にキャロラインは我慢ならなくなった。バスケス家の婚外子としての自分のことばかり気にして、村の人たちにどう見られているかは考えようともしないのだから。

黒いつややかな髪、オリーブ色の肌、黒っぽい目。われわれと同じだ。この人はわれわれの仲間だ。彼らは明らかにそう思っている。表情にばかにした笑いや敵意はなく、かすかな軽蔑《けいべつ》さえない。あるのは好奇心だけだ。

むしろ自分に向けられた視線のほうが気になる。この女は何をしに来た？　色が白く金髪で、目がアメジスト色。明らかによそ者じゃないか。彼らの目はそう言っている。

車は村の広場に入った。直立不動の姿勢で立ちつくしている人々のなかでひとりだけ、若い男性が急に広場を横切って教会に駆けこんでいった。しばらくして黒い法服をまとった神父が姿を現した。背が高く、かなり細身で、くしゃくしゃの髪は白く、顔にはしわが刻まれている。神父に心のなかを見透かすような目で見つめられ、キャロラインはどきっとした。

「結婚式を挙げるのはあの教会なの？」

「そうだ」

「だったら、ここで車を降りて神父さまに挨拶《あいさつ》くらいするべきだと思わない？」非難と気づかいがないまぜになった質問だった。村人たちの気持ちを傷つけたくないという思いもあるが、いったん今の不安定な心理状態から回復すれば、ルイスも村人たちを傷つけたことを悔やむに違いないと思ったのだ。

ところがルイスは首を振った。まっすぐ前を見つめたまま広場を横切り、興味津々の人たちのあいだを抜けていく。

村を通りすぎ、手入れの行き届いた果樹園に入ってもまだ、ルイスは緊張を解かなかった。オレンジにレモン、桃にアプリコット。すべてが生き生きと息づいている。キャロラインはあらためて胸を打たれた。

「こんなところが、どうして破産するのかしら？」

「これまでの所有者の浪費のせいだ」

実の父親を指しているのだろう。「こういうものは誰のものでもないわ。所有者は任期中だけ世話をまかされた管理人にすぎないのよ。それがどんなに名誉でありがたいことかわからない人は、管理する権利を失って当然よ」

「生まれついての女領主みたいだな。価値のない損失は放棄して、きみに譲渡したほうがいいかもしれない」

「好きなだけばかにしてちょうだい、伯爵《エル・コンデ》さま。でもわたしの言っていることがわからないのなら、そうしたほうがいいわ」

「説教は終わったかい？」

「ええ」キャロラインはため息をついた。なぜこんな話を始めたのかしら。自分のものの見方に合わないかぎり、他人の意見に耳を貸すような相手ではないのに。「もう終わったわ」

「よかった。どうやら着いたようだし、なんだか気分が悪くなってきた……」

驚いて横を見ると、ルイスは蒼白《そうはく》な顔を引きつらせていた。彼の視線の先を追ったキャロラインは、体内のすべての臓器が震えながら動きを停止したようなショックを受けた。

二人で非難しあっているうちに、いつのまにか車は果樹園を通り抜け、跳ね橋を渡り、城主一家の私有地と思われる部分を囲む白壁を貫通する広いアーチ道を走っていた。

これほど美しいところは本当に見たことがない。山頂から見たときもかなり驚いたが、ふもとに下りて間近で見る城は、白塗りの壁が夕日に映えて、言葉に尽くせない美しさだった。

伝統的な設計の庭も息をのむほどすばらしい。私道の前方にある円石を敷きつめた広い中庭では、城の巨大なアーチ形入口を守るように立つネプチューンの像が、円形の池に水を噴きだしている。

ルイスが車を止めた。二人は言葉もなく車を降り、あたりを見渡した。

「無用の長物ね」

「え？」ルイスがけげんな顔で振り向いた。

「このお城よ。見た目とは大違いだわ」

「どうしてそんなことを言うんだい？」彼は声を出すのが苦しそうだったが、いったん口を開くと、緊張していた表情がゆるんだ。

「まわりを見て。この谷に要塞《ようさい》は必要ないわ。あの山脈があれば防御は充分よ。自分の財産を守りたかったのなら、わたしたちが通ってきた山道があるところに建てたでしょうね。このお城は、誰かがばかげた自尊心を満足させるために建てたのよ。無用の長物。でも美しいわ」

それにバスケス家が浪費による破産宣告を受けた

としても、この美しい城が原因でなかったことはたしかだ。そう言いたかったが、口には出さなかった。

キャロラインは車の屋根越しに、今やこの城の所有者となった男性を見つめた。彼のなかには多くの文化が混在している。本物の自分を隠しつづけたい気持ちも理解できる。自分が何者か、おそらく彼自身にもわかっていないのだろう。

「ぼくたちは見られている」

「そのようね」車を降りた瞬間から、ガラス窓の奥にある突き刺すような視線を感じていた。「これからどうするつもり？　ドアをどんとたたいて所有権を主張するの？　それとももう少しお行儀よく、招き入れられるまで待つ？」

そんな軽い冗談を言っているとき、ネプチューン像の向こう側の重々しい扉が内側に開いた。キャロラインはどきっとし、急いで車をまわってルイスのそばに立った。

姿を現したのは、小柄で細身の老人だった。歓迎されているのか、しぶしぶながら神聖な場所に入ることを許されるのか、無表情な顔を見ただけではわからない。

「ショータイムの始まりね」

「そのようだ」ルイスが精神的支えを求めるかのようにキャロラインの手をとった。ぴりぴり緊張した不機嫌なルイスが締めだされ、自信家のルイス・バスケスの顔に戻っているのを見て、キャロラインはほっとした。

二人が噴水をまわって玄関に着くと、老人はかすかに頭を下げた。「ようこそいらっしゃいました。どうぞこちらへ」

彼はわきに下がって二人を招き入れ、扉を静かに閉めた。広い玄関ホールはオーク材と石でできていた。幅が二メートル半ほどもある頑丈な石の階段が人目を引く。表面がざらざらした漆喰《しっくい》の壁は淡いピンクに塗られ、冷たく味けない雰囲気になりがちなところに温かみを添えている。

キャロラインは握られているルイスの手に力が入るのを感じた。大きな広間や美しい環境に慣れたルイスといえども、ここでは違う。この城は彼の過去と現在が真正面からぶつかる場所なのだ。貴族を先祖に持つキャロラインでさえ、この瞬間が彼にとってどんなに大変かよくわかった。

だが、老人に話しかけるルイスの声は静かな水面のように落ち着いていた。「ところできみは?」まさに高貴な伯爵《コンデ》そのものだ。内にどんな感情を秘めているか知っているだけに、キャロラインはそんな彼が誇らしかった。

「ペドロでございます。こちらで執事をつとめさせていただいております」声に尊敬の念がにじんでいる。婚外子だからといってルイスを軽蔑してはいないようだ。「ご案内いたします。どうぞこちらへ」

二人の先に立ったペドロはぴかぴかの石の床を横切り、階段を守る二対の鎧の前を進んでいく。玄関ホールのあちこちに美術品が飾られている。古美術品に縁のある仕事をしているキャロラインの頭は忙しく働きはじめた。

それがルイスにもわかったらしい。「気に入ったかい?」

「興味深いわ」キャロラインがほほ笑みながらさっと振り返り、ルイスのほうへ少し近づいたとき、ペドロが大きな木のドアを開けて、うやうやしくお辞儀をした。

「セニョール・ルイス・バスケスとセニョリータ・ニューベリーがおみえです」二人が到着して以来、ペドロはルイスを伯爵さま《エル・コンデ》と呼ぼうとはしない。

そのことにルイス自身気づいていたかもしれないが、顔には出さず、ゆったりした表情でキャロラインの手を握り、いつもどおり優雅な足どりで部屋に入った。美しい家具調度品が配置されたそこは応接間のようだった。一方の壁をほとんど占領する大きな石の暖炉があり、そのそばに立った女性が二人を迎えた。

髪と目が黒く、小柄でほっそりしている。シルバーグレーのスーツに身を包み、服装と同じように硬い表情でルイスをまっすぐに見つめてきた。ルイスも冷たく見つめ返す。

ペドロが静かにドアを閉めて立ち去ったあとには恐ろしい空気が漂った。言葉もなく見つめあう二人の主役を、キャロラインは息をひそめて見つめるしかなかった。

「いらっしゃい」ようやく女性が口を開いた。

「こんにちは、コンスエラ伯母さま」

伯母さま？　お義母《かあ》さまじゃないの？　キャロラインはいぶかった。

「お父さまにそっくりね」それがコンスエラのルイスに対する感想だった。

「あなたは母によく似てらっしゃる。もっとも、最後に会ったときの母より、今のあなたのほうがずっとお元気そうですが」

血も凍るほど厳しく冷たい口調だ。けれど謎《なぞ》は解けた。この女性がルイスのお母さんの姉だとすれば、キャロラインの手を握る指先に力がこもるのも不思議はない。三十数年前、いったいここで何があったのかしら？

長年の確執と財産争い。たしかルイスはそう言った。ひとりの男性を巡る姉と妹の争い。どうやらそういうことらしい。

コンスエラの顔からかすかに血の気が引いたような気がしたが、視線はまっすぐ甥《おい》に向けられたままだ。「ルイス、セリーナはばかなロマンティストでした。彼女が愚かにも無視していたものをわたしが拾いあげたからといって、あなたにとやかく言われる筋合いはありません」

骨も砕けるかと思うほど指を握りしめられ、キャロラインはたじろいだ。このままではルイスが乱暴なことをしかねない。彼女は機先を制した。「紹介してくれないの？」軽い口調で言ってみる。

一瞬、無視されるかと思ったが、ぶっきらぼうながらルイスは紹介してくれた。「キャロライン、こちらは母の姉で父の妻、コンスエラ・デ・バスケスだ」

キャロラインは部屋の奥に立つルイスの伯母ににっこりほほ笑んだ。「はじめまして。とても美しいお城ですね。でも、外観ほど古くないような気がします。十一世紀風ですけど、実際はせいぜい十六世紀といったところじゃないかしら」頭が空っぽの金髪娘のたわごとと思われるのは承知で、二人のあいだに漂う冷ややかな敵意を抑えることができれば、と願った。

「十七世紀ですよ」別の声が割りこんだ。「最大の恋敵が屋敷の大きさゆえに愛する女性のハートを射止めたことに腹を立てたわが家の先祖が、この谷に帰ってきて立派な城を建て、その女性の妹と結婚した。この一族では歴史は繰り返される。いずれあなたにもわかるでしょう」

聞きおぼえのある声に、キャロラインはうろたえ、金縛りにあったように立ちつくした。広い居間の反対側から、背が高く、色の浅黒い、魅力的な男性が近づいてくる。

男性は立ち止まり、驚くキャロラインにほほ笑みかけた。だがルイスには一瞥《いちべつ》もくれず、初対面のとき反感をおぼえたあの軽やかで自信に満ちた態度で、こう続けた。

「フェリペ・デ・バスケスです。よろしく、ミス・ニューベリー。自己紹介はまだでしたね？」それはマルベーリャのホテルのエレベーターで一緒になった男性だった。

「こちらこそ、セニョール」礼儀上、さしだされた手をとったが、冷たくすべすべした手だった。

「フェリペと呼んでください。どうせもうすぐ親戚《しんせき》になるんだから」

キャロラインは思わずもう一方の手でルイスの手を握りしめ、ほんの少し彼に身を寄せた。骨も砕けるかと思うほど握りしめるルイスの手に比べて、フェリペは軽く握っているだけだ。どちらが安全と感じるかはわかりきっているけれど、フェリペに初めて会ったとき、手を離そうとしたらよけい強く握りしめられる気がしておびえたのを思い出す。今もあのときと同じ気分だった。

「じゃあフェリペ、よろしく」礼儀正しく答えた瞬間を利用してキャロラインは手をひっこめ、それをルイスの胸にあてた。これほどの親密さを見せつけられたら、誰も、ルイスでさえも、その事実を無視するわけにはいかないものだ。「ルイス、偶然だと思わない？　実はわたし、先日の夜ホテルでこの方に出会ったの。あなたの親戚だなんて、全然知らなかったわ」

「へえ、それは偶然だな」

穏やかで、なめらかで、ゆったりした声だったが、キャロラインは、腹を立てれば立てるほどルイスが寡黙になるのを知っていた。

フェリペもそれに気づいたのだろうか。ようやく視線を移し、母親違いの兄の目をとらえて、陰気にほほ笑んだ。「やっと会えた」

やっと？　キャロラインはみぞおちに強打を浴びた気がした。フェリペがあのホテルにいたことをルイスが知らなかったとは思えないけど、そうじゃないの？

予想もしなかった複雑な感情に支配され、三人をとり巻く空気が重苦しくなった。

そこにはよそよそしさがあった。物珍しさもあった。そして互いに相手の力量を用心深く計っている二人の男性のあいだには、兄弟のライバル意識から生まれた敵意があった。

短い無言の闘いでどちらが優位に立つかはわからなかったが、権力の座にあるのが誰かははっきりしている。

それに気づいたのか、フェリペが皮肉っぽい笑みを浮かべて母親違いの兄に座を譲った。「おかえり、ルイス。兄さんにとって、これまでの二十年よりこれからの二十年がより運の向いたものでありますように」

母親のコンスエラでさえあえぎ声をもらすほど辛《しん》辣《らつ》な言葉だった。キャロラインも思わず声をもらし、今にも獲物に飛びかかろうとする獣をなだめるようにルイスのシャツに指先をからませた。

ところが誰にとっても意外なことに、ルイスは笑いだした。「そう願いたい。さもないと、この城が非常に困ったことになる。みんなも知っているようにね」ジャブとパンチの応酬。このラウンドはルイスが勝った。だがそれで終わったわけではなく、いかにも実業界の大物らしい冷たい声できびきびとつけ加えた。「来週の結婚式までにすませておかなければならないことが山ほどある。そこでまず城のなかを見てまわって、そのあと家計の報告を受けようと思うんだが」

9

谷に面した寝室の窓枠に座っているとき、こつこつとドアをたたく音が聞こえた。キャロラインは黙殺しようとした。

この数日、ひどい状態が続いている。何をしてもどこに出かけても、監視の目が光り、ほとほと精神的に疲れはてた。宝物を持ち逃げするとでも思われているのかしら？

そのうえルイスは、まるでこの城がエンゼル・グループの新しく買収した会社か何かのように、山ほどの仕事を引き受けたせいで、極端によそよそしい。ここの人たちは、といってもおもに使用人だが、すっかり彼を恐れ敬い、いい印象を与えたい一心でこまねずみのように走りまわっている。おかげで、ルイスがこの城で行った改革はすでに驚くほどの成果を上げていた。

でもこれはビジネスではない。ふつうの家ではないにしても、たかが住まいなのだ。だけど、その存在さえ認めてくれない相手にどうやって指摘したらいいだろう。

ルイスはキャロラインに話しかけようともしない。何かに腹を立てているようだが、殻に閉じこもった人間が相手では、理解しようにも無理だ。

彼より先にキャロラインがフェリペに会ったことに気を悪くしている節がうかがえるのが腹立たしい。あの偶然の出会いについて、ルイスは根掘り葉掘りききたがった。というより、尋問された。

「どこで会った？　どんなふうに出会った？　彼は何を言った？　どんな言い方をした？」

キャロラインはしだいに腹立ちが募り、どうしてそんなことが重要なのかときき返した。すると彼はさっさと出ていった。五分後、城の庭園に立つルイスが携帯電話に向かってどなりつけている姿が見えた。

そのときからほとんど見かけていない。夕食のときは一緒だが、ほかの人が同席していては、何を怒っているのか探りを入れるわけにもいかない。二人は寝るのも別々だった。時が止まったこの谷では昔ながらの価値観が息づいている。ただそれだけの話なら理解できるし、受け入れることもできるけれど、なんとも冷たい彼の態度は、どう考えてもあまりにひどい。

ノックの音がまた聞こえた。キャロラインはため息まじりに立ちあがり、ドアを開けた。

「お邪魔して申し訳ありません、セニョリータ」メイドのひとりだった。「コンスエラ奥さまのお言いつけでまいりました。神父《パードレ》さまがあなたとお話をされたいそうです」

神父《パードレ》さま。キャロラインの心は沈んだ。「わかったわ、アブリル。すぐにまいりますとお伝えしてちょうだい」

ルイスはどこにいるのかしら。重苦しく考えながら、キャロラインはバスルームに向かった。この谷にいないことだけはわかっている。今朝早く迎えに来たヘリコプターで出かけてしまったのだ。あれから顔も見ないし、声も聞いていない。

ヘリポートも、ルイスが持ちこんだ改革のひとつだ。最初の朝、キャロラインがまだ起きださないうちに、彼は村人を十人呼んで庭園の奥の片隅を整地させた。すごいスピードで行ったもうひとつの改革は、山の上に通信衛星の受信状況をよくするためにアンテナを立てたことだ。これは夕食のときにルイスから聞かされた。すばらしい通信手段がなければ、多国籍企業を率いてはいけないと。

私生活にもその原則をあてはめればいいのに、彼の頭にそんな考えはないらしい。

そういうわけで、来週に迫った結婚式について何ひとつ知らないまま、これから神父に会わなければならないのだ。

ルイス・バスケス、あなたを殺してやるわ。クリーム色のスカートと藤《ふじ》色のブラウスを点検しながら、キャロラインはひそかに息巻いた。スペインに持参したほかのもの同様、このスカートとブラウスもいささかくたびれてきた。

ロンドンを出るときに詰めこんだのは、ホテルに滞在する三日分の衣類だけだった。別荘でのパーティ用衣装もなければ、スペイン横断用の衣類もなく、文句なしに面白い城のなかを見てまわるためのカジュアルな服もない。

神父は小さいほうの居間で待っていた。家族は日中、庭園に面したこの部屋を使うことが多い。コンスエラも一緒に待っていたが、ドミンゴ神父にキャロラインを紹介してすぐに出ていった。

正直なところ、キャロラインはコンスエラが気の毒でならなかった。夫を亡くし、すべてを相続するとばかり思っていた息子が相続からはずされたのを知ったうえに、三十有余年自分のものだった家に住む権利までなくそうとしているのだから。それにしても、ルイスが投げ与えるものを受けとり、ここに住みつづける彼女には感心せざるをえない。

自分ならとてもそんなまねはできない。疎遠にしていた甥《おい》が現れるずっと前に急いで身を隠さなければ、プライドが許さなかっただろう。しかし、コンスエラは態度こそいつも冷たくよそよそしいものの、城の運営について、ときにはひどくこまかいルイスの鋭い質問にもすべて答え、その他の不動産の運営については、自分よりそれをよく知る人にすぐさま問いあわせる。

一方、息子のほうは何もしない。情報はまったく提供せず、アンダルシア産のみごとな馬の背にまたがり、朝ひとりで出ていったきり、夜暗くなるまで戻ってこない。

魅力的だったフェリペは短期間のうちに物思いに沈んだ人間になってしまった。城にとどまっているのは母親と同じだが、違うのは煮えたぎる怒りを隠そうとしないことだ。

でも、フェリペを責めるわけにはいかない。城に居住する法的権利がルイスにあるとしても、フェリペが父親から手痛い裏切りにあったと感じて腹を立てるのは当然だ。

せめて自分だけでもフェリペにもう少し優しく接すれば、異母兄弟のあいだをとりもち、二人がもっと仲よくなる手伝いができるかもしれない。

「セニョリータ・ニューベリー。ようやくお近づきになれて大変うれしく思います」ドミンゴ神父がにこやかに挨拶《あいさつ》した。

さしだされた手をとり、キャロラインもほほ笑み返した。「きのうご挨拶にうかがったのですが、あいにくお留守で」

「隣の谷の友人《コンパードレ》を訪ねておりました」彼はうなずいた。「一週間に一度会うのを楽しみにしておりますので。せっかくおいでくださったのに、申し訳ないことをしました」

挨拶が終わると、キャロラインは何から言っていいかわからなかった。そこで落ち着かない気持ちを隠すために、どうぞおかけになってくださいと椅子を勧めた。「飲み物をお持ちしましょう。紅茶、コーヒー、それとも冷たいもののほうがよろしいでしょうか？」

神父は白髪の頭を振り、ほっそりしたきれいな手を軽くひらめかせて、当時の原形をそのまま残すルイ十五世時代風の椅子にキャロラインを先に座らせ、それから自分も座った。

「あの小さな教会はお気に召しましたか？」

「あんなに美しい教会に入ったのは初めてです。それに、この谷全体も、見たことがないほどきれいです」キャロラインは目をきらきらさせた。

「でも、かなり辺鄙《へんぴ》でしょう」

「それも魅力の一部ですわ」目をきらきらさせたまま答える。

「しかも非常に……カトリック的で」

まあ。彼女の目から輝きが消えた。「それが問題なんでしょうか？　つまり、ルイスがローマカトリックの信者ではないわたしと神父さまの教会で結婚式を挙げることが」

ルイス、いったいどこにいるの。こういう問題が発生することを予測しておくべきだったわ。キャロラインは心のなかで叫んだ。

白い丸襟のついた黒の法服に身を包んだ神父が痩《や》せこけた顔を向け、理知的な目で彼女を見た。「それがあなたにとって問題なんですか？」

「今すぐ改宗を期待されているのでなければいいんですけど」

「そんな犠牲は望んでおりません。逆に、イギリス国教会がドン・ルイスに改宗を期待するのは困りますからね。ここは自由の国です。こんな活気のない小さな村でも」神父はにっこりした。

「でも問題がある、そうなんですね？」

「それは、宗教というより誠意の問題なんです。ぶしつけを承知で申しあげるのですが、あなた方はある目的、どちらかというと邪悪な目的のために必ずしも誠実ではない約束を交わされた。そういう気がしまして」

邪悪？　キャロラインは急に警戒した。「つまり、神父さまの教会でこれまで執り行われてきた結婚はすべて純粋な恋愛結婚だったとおっしゃっているんでしょうか？」

「わたしに関心があるのは、あなたとドン・ルイスの結婚です。聞くところによれば、お二人はたった五日前に出会われたばかりで、その数時間後には婚約発表、そのショックであなたの父上は倒れられたそうですね。しかも父上はドン・ルイスにかなりの負債があるとか。それは充分にこの結婚の動機になりませんか」

「誰がそんなことを言ったんでしょう？」

「この際、情報源は気になさらないでいただきたい。わたしが心配なのはあなたのことです、セニョリータ。今日うかがったのは、何か自分ではどうすることもできない理由があって結婚を強要されておられるのではないかと思いましてね」

「ルイスとわたしを結婚させるわけにはいかない、そうおっしゃっているんですか？」硬い表情でキャロラインは立ちあがった。こんなふうに誠意が問われるとは思ってもみなかった。

礼儀正しい神父は彼女に合わせて立ちあがった。

「とんでもない、ドン・ルイスはこの谷間《たにあい》の土地の新しい伯爵《コンデ》です。そのお方が、自由を奪われ、鎖でつながれた女性を連れてきて結婚するとおっしゃるなら、わたしは式を執り行います。昔のしきたりはすっかり死に絶えたわけではありませんので」神父は肩をすくめ、苦笑した。

しかしキャロラインはほほ笑み返す気分ではなかった。「でしたら、ご安心ください。情報は間違っています。ルイスとは知りあって七年になるんです。つまり、わたしたち、七年前から恋人同士だったんです」まったくの事実とは言えないまでも、まんざら嘘《うそ》でもない。

神父は明らかに驚いたようだ。「七年間、ずっとドン・ルイスを愛しておられたのかな？」

愛？　キャロラインは自分に問いかけ、微笑を浮かべた。それは皮肉っぽいというより、悲しげな笑みだった。「わたしはずっとルイスを愛してきました。でも彼も同じ気持ちかどうかは、どうぞおききにならないでください」

「ではそうしましょう」最後の言葉を言わせた自分を詫《わ》びるような表情で、神父はそっとキャロラインの手に触れた。「立ち入ったことをうかがって、お許しください。しかし、彼のお父さまの最後の願いを実行に移す前に、あなたのドン・ルイスに対する気持ちを確かめる必要がありましたのでね」

お父さまの最後の願い？　キャロラインは興味をそそられた。神父は背を向け、戸口に引き返そうとしている。今まで気づかなかったが、戸口のそばにあるテーブルの上に、かなり大きなアタッシェケースが置いてあった。

「あなたにお渡しするものがあります、セニョリータ。命を懸けて守ると約束していただきたい。誰にも見せないと」

キャロラインは急に不安にかられた。「ルイスを傷つけるようなものなら、神父さまがこのままお持ちください」

「彼を守ろうとするあなたのお気持ちは実に立派です。たしかに、これを見れば、ドン・ルイスは傷つかれるでしょう。ですが、これからあなたに立てていただく、誰にも見せないという誓いにあの方は含まれません。あなたはスペイン語がお上手だが、読むこともおできになりますか？」

キャロラインはうなずいた。小さいときからほとんどの夏をスペインで過ごしてきた。今やスペイン語は第二の母国語と言える。

「では、これを読まれてここに書かれたことをドン・ルイスにお知らせするかどうかは、あなたの判断におまかせしましょう」

神父が近づいてくる。キャロラインは震える手を後ろに隠したい衝動を抑えるのがやっとだった。それがなんであれ、受けとりたくはない。そんな気持ちが顔に出たとみえ、神父が二歩ほど手前で立ち止まった。

「これはドン・ルイスの父上の日記です。病気になられるずっと前に、わたしがドン・カルロスからお預かりしました。これを読めば、ドン・フェリペに比べてドン・ルイスが遺産の大部分を相続された理由と、三十五年の全人生を通じて、ドン・ルイスが父上の信託受益者であられた理由がわかります。とにかくこれをお読みになってください。ドン・ルイスのためにお願いします、セニョリータ……」

しぶしぶ受けとりはしたものの、気が重かった。この日記には暗く恐ろしい内容が書かれているということだけははっきりしている。

「読ませていただきます」

キャロラインの顔に浮かぶ表情を読みとったのか、神父はうなずき、それ以上何も言わずに立ち去ろうとした。だが戸口の手前で振り向いた。

「あなたはドン・ルイスと七年前に出会ったとおっしゃったが、実に不思議な偶然だ。というのも、ドン・ルイスが初めて父上に会いにこの城へ来ることを同意されたのも七年前でした。それが、急に気持ちを変えられた。なんでも、結婚したい女性に出会ったからというのが理由でした。その方の機嫌をとるほうが、父上と会われることより大事だったのでしょう。しかし、その方との結婚式はしきたりどおり、ここアンヘレス家の谷《バリエ・デ・ロス・アンヘレス》の教会で行うと約束された。どうやらドン・ルイスはその約束を果たすおつもりのようですね？」

キャロラインには驚くべきニュースだったが、神父はほほ笑みを浮かべている。

「とにかくこれをお読みなさい、ミス・ニューベリー。そうすれば、あなたが彼を愛しているのと同じくらい、あなたを愛している方のことがおわかりになるでしょう」助言を残して神父は立ち去った。

数時間後、キャロラインは日記を読んだことを後悔していた。バスケス一族がそれまでどおりルイスの人生に立ち入らなければよかったのに、と神を恨みたくなる。

壁際に置かれた大きなオーク材の衣装だんすの上に日記を隠し、彼女は暑い午後の日差しのなかに出ていった。庭を散策しながら物思いにふける。それにしても、ほかの子供のために罪もない子供が犠牲にされるとは。

〝歴史は繰り返す〟とフェリペは言い、〝長年の確執と財産争い〟とルイスは表現したが、キャロラインならそれを〝許せない罪〟と呼ぶだろう。ルイスが日記に書いてあることの半分でも事実を知っていたなら、この城に来て以来彼が目に見えない鎧《よろい》に自分を閉じこめていたのも不思議はない。相手が誰だろうと近づいてきた者には毒を盛る一族なのだから。

そういえばフィデル医師も言っていた。〝毒物検知器を持っていったほうがいい〟と。この美しい城に毒があることを彼も知っているのだ。

神父から聞いた七年前のルイスの気持ちが事実だとわかったことは、わずかな救いだった。だけどそれにも不愉快な一面がある。

愛していたのなら、なぜ夜ごと恋人の腕からカードテーブルに直行し、その父親から搾りとれるだけ搾りとったのだろうか？

上空に近づいてくるヘリコプターの音が聞こえた。ルイスに帰ってきてほしくない。キャロラインはまだ動揺と困惑のさなかにいた。考える時間が必要だ。そして今日知った事実をどの程度ルイスに伝えるか、考慮する時間も欲しい。

それなのに、ヘリコプターが新しくできたヘリポートに着陸したとき、彼女はそこに立ってルイスを待ち受けていた。そして彼が大地に降り立ったとたん、整理できないさまざまな感情が渦巻きはじめた。

仕立てのいいダークグレーのビジネススーツに身を包み、真っ白なシャツに青みがかったグレーのネクタイを結んだルイスは、どこから見ても帝王そのもの、貴族そのものだ。実際、引きしまった浅黒い顔に自信をみなぎらせた尊大な彼が、二十歳《はたち》まで食べるのがやっとの暮らしをしてきたとは、誰に信じられるだろう。

それにしても、なんて憂鬱《ゆううつ》そうな表情なの。まるで世界中の心配を背負っているかのような顔をしている。その気持ちはよくわかる。キャロライン自身、同じことを経験しているのだから。

ここに来るすべての人を毒さずにはいられないことが、この美しい谷の致命的な欠陥なのだろうか？

気まぐれだと思いながらも、キャロラインはどうしてもルイスのそばにいたかった。そして、ほんのわずかでもいいから、ここを出て考えをまとめる時間が欲しかった。

ヘリコプターの回転翼が止まったのを見計らって、キャロラインは芝生を横切り、彼を迎えに行った。歩いてきたルイスの足が止まった。人生の夢だったものを見ているような目でキャロラインを見つめる。だが、その表情は例によってすぐに消えた。

彼女はルイスの首に腕をまわし、夢中でキスをした。そうしたかったからしただけで、ほかに理由はない。ルイスが驚いたのがわかって、突き飛ばされるのではないかとしばらく怖かった。

たくましい胸に押しつぶされそうなほどきつく抱き寄せられ、激しくキスを返されたときは、暗闇《くらやみ》で何日も迷ったあげく、やっと道を探しあてたような気分だった。そして二人のあいだに何があるにせよ、それには意味などなく、これこそがつねに正しいのだと確信できた。

ルイスがふいにキスをやめた。キスでさえも晴らせなかった彼女の蒼白《そうはく》な顔を黒い目で探るように見つめる。「どうしたんだ？　誰かに何かいやなことを言われたのか？」

キャロラインは首を振った。「あなたがいなくて寂しかっただけ。あなたは気づかなかったようだけど、この何日かずっと寂しかったわ」

「気づいていたさ。でも慣れる時間を与えたほうがいいと思ったんだ。こういうものに」

「こういうもの？」背後に立つおとぎばなしのような城がにわかに幽霊の出る城に思えてきた。「慣れる必要はないわ。これほど大きくはないにしても、わが家にもイギリスに同じような屋敷があるんですもの。でもルイス、しばらく二人きりでここを離れられないかしら。お願い、ほんの二、三時間でいいの」

「ここが嫌いなのか？」

「大好きよ」キャロラインは嘘をついた。「でもしばらく離れたいの。あのヘリで行くのは無理？」

「いや」ルイスは眉根を寄せた。全部がキャロラインの本心とは思えなかったからだが、パイロットにエンジンをかけたまま待機するよう身ぶりで示した。「どこへ行きたい？　マルベーリャ？」

キャロラインは首を振った。「ちょっとした場所を知っているの。秘密の場所よ。そこには世界一気持ちのいいベッドがあるわ。エアコンもバスルームもないけれど、ベッドにはひんやりと糊《のり》のきいたコットンのシーツがかかっているの。冷淡な顔をした人もいないし……」

ルイスはじっと彼女を見下ろしている。これでは賛成か反対かわからない。いつもそうだ。熱く燃えあがったかと思うと冷たくなり、急に攻めてきたかと思うと引きさがる。

沈黙に耐えきれなくなったころ、ルイスが皮肉っぽくきいた。「ひょっとしてこれは、みだらな週末にぼくを誘う淑女ぶったやり方なのか?」

あけすけな物言いに、キャロラインは顔が真っ赤になるのを感じた。やがてルイスの顔にゆっくりと笑みが浮かぶのを見て、彼女もほほ笑んだ。「そうみたい。あなたが家族も一緒がいいと言うのなら、譲歩してもかまわないけど……」

ルイスが黒い髪の頭をのけぞらせ、ここ数日聞いたこともないほど楽しそうに笑った。キャロラインの胸は喜びにふくらんだ。笑いながらルイスは彼女の手をとり、ヘリコプターのほうへ戻っていった。

ヘリコプターが飛び立つのを茂みの陰からフェリペが見ていたことも、その目が悪意に満ちていたことも、二人は知らなかった。

機体はロス・アミノスの少し手前のヘリポートに着陸した。二人は手をつないで村まで歩いたが、ぱりっとしたスーツ姿の男性とふだん着姿の女性の組み合わせは、きっとちぐはぐに見えただろう。

あのときと同じホテルの経営者は、入ってきた二人を見て目を丸くした。法外な金を見せられると、彼は驚きの表情を卑屈な尊敬の表情に変え、前と同じ部屋の鍵《かぎ》をさしだした。

「わたし、服装まであのときと同じよ」

「頬が紅潮しているのも同じだ」

その夜、二人は城に帰らなかった。この数日の寂しさを振り返り、キャロラインは思った。一度ならず二度までもうっかり見失った恋人を発見した気分だと。それから二人は明日がないかのように激しく愛しあった。

「あなたはわたしが心から愛した初めての人よ」

「信じないかもしれないが、ぼくにとってきみもそうだ」

まさか、その言葉を真に受けるわけにはいかない。

愛しているなら、その恋人の家族からお金を搾りとれるだけ搾りとるだろうか？　悲しみを隠すために、キャロラインは両手で浅黒い顔を包んで引き寄せ、唇を重ねた。

その悲しみを感じとったのか、あるいは隠す前に見られてしまったのかもしれない。何かがルイスの情熱を新しい段階に押しやった。キャロラインは忘我の境をさまよい、しばらく現実に戻れなかった。

ようやく目を開けたとき、彼女はルイスのそばで身を丸め、彼の肩に頬を寄せていた。外は早くも暮れかかっている。

「留守にすることを誰にも言ってこなかったわ」

「パイロットに言づけた。帰りの時間はわからないと伝えてある」

ひどく尊大で領主そのもののの言い方だ。キャロラインはくすくす笑った。

「本当にうれしそうに笑ったのは、再会してからこれが初めてだ」

「何を期待していたの？　脅したりいじめたり、ひどいことばかりしてきたくせに」

からうつもりで言ったのだが、言葉どおりに受けとったルイスは暗く探るような目を向けた。「きみを脅してここへ連れてきたわけじゃない」

「そうね」

「そろそろ、こんなふうに逃げだしたくなったわけを話してくれるか？」

城で本心を言わなかったことに彼は気づいていたのだ。キャロラインは目を伏せた。

「今日、わたしを訪ねてきた人がいるの。村の神父さまよ」

「それで？」

「神父さまはおっしゃったわ、わたしたちの結婚がごまかしかどうか知りたいって」

「結婚させないと脅されたのか？」

「いいえ。それどころか、祭壇まで花嫁を鎖につないできても、相手が伯爵《エル・コンデ》なら式を執り行うとおっしゃったわ」

「要点を言ってくれ」

「つまり、村中に噂《うわさ》が流れているらしいの。愛してもいないのに結婚するって」

「噂?」

「ええ。あなたがわたしに初めて会ったのは、花嫁としてここに連れてくるほんの数日前だったと噂されてるんですって」

「きみはなんと答えたんだ?」

「噂は間違いで、知りあって七年になりますと言ったわ。でもほんの少し嘘もついたの。わたしたちは七年間ずっと恋人同士でしたって」だがそう言ったとき、嘘をついているという実感はなかった。

「それに対して、神父はどう言ったんだ?」

「きき方が上手なのね。まるでスペインの異端審問官みたい。蛇口からしたたる水滴のようにたえまなく質問を突きつけ、最後には求める答えを聞きだすんですもの」

「神父はなんと言った?」

キャロラインはため息をつき、目をそらした。これ以上言うわけにはいかない。それと、神父の訪問以来、もうひとつ気になっていたことがある。

「神父さまは、誰かがあなたを困らせようとしていると警告なさったんだと思うの。わたしたちが嘘つきだという噂を村中に広めたのは、村人たちの尊敬を得られないようにするためではないかしら。もうひとつの噂は、買うに等しい方法であなたが父からわたしを奪ったってことなの。わたしたち以外そのことを知っている人がいるの?」

「ぼくがぺらぺらしゃべったとでも?」

キャロラインは笑った。「まさか、考えたこともないわ。ただ、誰かがわたしたちを見張っているような気がして、ぞっとするのよ」

「それが誰かはわかっているし、そんなことをする気持ちもわからなくはない。彼のちょっとした無分別を許してやろうよ。結局のところ、今自分が生き残るにはそれしかないと思っているんだから」

名前を聞かないでも、フェリペのことだとわかった。「いいわ」キャロラインはさらにルイスに身を寄せた。もっと話をしたかったが、よけいなことまで言ってしまいそうで怖い。

「いいわだって？　それでおしまいか？」

「そうよ。こうしていると気持ちがよくて、いやな話で台なしにしたくないの。それに、ほかにも気になることがあるのよ。ねえ、わたしには新しい服が必要だと思わない？　たった三日分の衣類しか持たずに誘拐されたんですもの。それに豪華な花嫁衣装も欲しいわ。どうせ結婚しなければならないのなら、豪華にさせて」

二人はひと晩中、むし暑く、古めかしいホテルの部屋で愛しあい、ホテル経営者の商売熱心な妻が特別に作ってくれたパエリアを食べ、お互いの腕のなかで眠った。

翌日、二人はヘリコプターでコルドバに飛んだ。キャロラインはそこで裕福な男性の未来の花嫁を演じ、疲れはてるまで買い物をした。

彼の父親の日記を読んで、本物のルイス・バスケスを知ってしまった今、彼を理解し、彼のために傷つき、これ以上無理なほど彼を愛していた。

自分が愛するようにルイスから愛されることが永遠になくてもいい。日記を読んで学んだことはほかにもある。それは、愛すれば愛されるとはかぎらないということだった。

10

城に帰った二人は、留守中にまた一連の変更がなされたことを知った。庭園は豆電球で飾られ、城は清掃されて隅々までぴかぴかになっている。そして大広間には宴会用の長テーブルが準備中だった。

「豪勢な結婚式にするつもりらしいな」広間の片隅から聞こえてきた声に続いて、フェリペ本人が姿を現した。

彼にはそんな癖がある。そう思いながらキャロラインはルイスに身を寄せた。お返しに彼は手をぎゅっと握ってくれた。

「結婚式に手落ちはいっさい許さない、お祭り気分の冗談もだめってわけか」

なんてとげとげしいあざけりの言葉だろう。キャロラインは平手打ちをくらわせたい気分だった。

だがルイスは平静に応じた。「ホテル経営者としての性分だろうな。この仕事のおかげでうまくなったことがあるとしたら、立派なパーティを開くことだからね」

「祝福してもらうために従順な親戚《しんせき》を集めて手伝わせてるってわけだ」フェリペが言う。「三カ月に一度たっぷりと小づかいをはずんでおけば、我慢できないことも我慢してもらえると」

「おまえがここでうろうろしているのも、三カ月に一度の小づかいを確保するためか、フェリペ?」

「ぼくには自分の金がある。親父《おやじ》も少ししか遺《のこ》さなかったわけじゃない」

「そうとも。シエラネバダの別荘《フィンカ》と、努力すれば成功できるだけの金を遺した」

「それにひきかえ、あんたのほうはこれ全部だ」フエリペは鼻持ちならない笑みを浮かべた。「ところで……」急にいじめの矛先がキャロラインに向けられた。「父上はルイスとポーカーの勝負をすることになっていたが、どうなったんだ？　それを知りたがっている人間は大勢いる」

ルイスが父に挑戦したとき、フェリペはあそこにいたのだ。そう気づいて、キャロラインの顔から血の気が引いた。代わりに答えてほしいという願いをこめて彼女はルイスの手を握りしめた。

しかし、ルイスはわずかに握り返しただけで何も言わず、空いているほうの手を上げて指を鳴らした。すぐにビト・マルティネスが岩をも砕きそうなほど頑丈な巨体を現した。

「キャロラインを部屋まで連れていって、ぼくが行くまで一緒にいてやってくれ、ビト」フェリペから視線をそらすことなくルイスは命じた。

彼は威圧的な用心棒の存在でフェリペに脅しをかけているのだろうか？　息も継げないでいるキャロラインの手を放し、ルイスは静かに言った。

「ビトと行ってくれ。ぼくとフェリペはちょっと話がある」

キャロラインは言われたとおりにしたが、二人がにらみあっている様子を想像して、吐き気に襲われた。「どうなるのかしら？」キャロラインは小声でビトにきいた。

「話しあうんでしょう。ルイスがそう言ってましたから」

「わたし、フェリペってあまり好きじゃないわ」

「彼を好きな人はめったにいません」

その言葉だけで彼の思いは充分伝わった。ビトとルイスはフェリペという人間をすっかり見抜いている。つまり、フェリペがスパイを続けているとき、ルイスもビトを使ってフェリペを探らせていたのだろう。

ビトは、キャロラインがバスルームに入っても持ち場を離れず、戻ってきたときもまだドアの前に立っていた。

「ルイスとのつきあいは長いの?」

「二人が九歳のときからです」

つまり、同じ養護施設にいたわけだ。「じゃあ友達同士なのね」ビトの運転する車の後部座席で考えたことを思い出し、キャロラインは苦笑した。

「彼に命を助けられたことがあります」

この大きくて頑丈な人が? キャロラインは信じられない思いで見つめたが、ビトはそれ以上何も言わなかった。

やがてコルドバで買ってきたものが続々と届きはじめ、物思いにふけっている暇はなくなった。ルイスがやってきて、ビトの耳元に何やらささやいた。ビトは厳しい顔でうなずき、出ていった。

「どうしてボディガードが必要なの?」キャロラインはルイスに詰め寄った。「わたしに危険でも迫っているの?」

「いや、ぼくの生きているかぎり大丈夫だ」

「つまり、あなたに危険が迫っているのね」

「誰も危険じゃない!」

「だったら、どうしてボディガードが必要なの?」

「ボディガードではない、付き添いだ。きみが迷うといけないから送らせたんだ。わかったね」

そんな説明で納得できるわけがない。不審感が顔に出たのだろう、ルイスはため息をついた。

「フェリペが式を邪魔しようとしている。でもどこまで計画が進んでいるのかわからない。だから弱点をガードしているんだ」

「わたしもあなたの弱点のひとつというわけね」

「そうとも、大変な弱点だ」ルイスが誘いかけるように笑い、下心もあらわに近づいてきた。

「やめて」彼女は片手を上げて彼を制した。「この家ではだめ。まだ結婚していないんですもの。わたしに敬意を払っていただくわ、伯爵《エル・コンデ》さま」

「ではやめておこう」ルイスはまた笑った。「礼を言うよ、ここでは昔ながらの婚礼のしきたりを守らなければならないことを思い出させてくれて」

この二十四時間で、キャロラインも変わったけれど、ルイスも変わった。今やこの城に来たときの緊張はすっかり影をひそめ、少なくとも二人きりのときはゆったりとくつろいでいるし、性的な欲望を隠そうとしない。すなおに愛情を表現する今のルイスは、なんともいえず魅力的だ。

「じゃあ、そろそろ行くかな」

「行くって、どこへ?」

「仕事だ」腕時計に目をやったルイスはいきなり事務的な口調になった。「結婚前にしておくことが山ほどある。暗くなってヘリが飛ばせなくなる前に、この谷を出ないと」

「でも、今帰ってきたばかりよ」

「ぼくのせいじゃない。スケジュールを二十四時間遅らせたのはきみだ。すばらしい二十四時間だったことは認めるが。でも今は、その遅れを急いでとり戻さなければならない。じゃあ教会で会おう」

「ルイス!」キャロラインはドアに向かう彼の背中に叫んだ。「あなたの弱点はどうなるの?」

「困ったことがあったらビトのところへ行け」

「彼は、命の恩人のためならなんでもしてくれるのね」

ルイスの足が止まった。「そんなことまで聞きだしたのか。大したものだ」

「何をしたの? 彼の顔にあの傷跡を残した喧嘩《けんか》から救いだしたの?」

「いや、刑務所からかっさらって命拾いさせた。好んでしたわけじゃない」

そのとおりだろう。「ごめんなさい」彼女はもごもごとつぶやいた。

ルイスはうなずき、立ち去ろうとしたが、キャロラインは気まずいままにしたくなかった。

「本当はあの人のことが好きよ。あなたに忠実だからだと思うわ。ねえ、あなたはフェリペが自分のホテルにいたことさえ知らなかったの？」

「偽名で泊まっていたから」

「そしてわたしと父を尾行したのね。あの人、わたしのことも父のことも知っていたのよ。つまり、あなたの身近にスパイがいるんだわ」

「そうだな。今それに対処しているところだ」

「ということは、父もあなたのもうひとつの弱点なのね？」

その質問に、ルイスはなぜかじっとキャロラインを見つめて静かに答えた。「ああ」

彼女は吐息をもらし、またしても落ち着かなくなってきた。「父のことも守ってくれているの？」

「もちろんだとも」表情同様、言い方にも妙な響きがあった。「結婚式には元気な姿を見せてくださるだろう。きみの手をぼくにゆだねてくださるはずだ。それについてはまったく心配していない」

ルイスは行ってしまった。キャロラインは不思議でならなかった。彼の言葉で安心していいはずなのに、どうしてこんなに不安なの？

ノックの音にわれに返り、ドアを開けると、若いメイドのアブリルが立っていた。「ドン・ルイスから、荷物の片づけを手伝うよう申しつかりました」

おかげで気がまぎれるわ。キャロラインはうれしかった。この谷では幸せな気分が長続きしない。二人は次々と箱を開けていった。これまでのキャロラインには手も出なかった有名デザイナーの名前のついた箱ばかりだ。

やがて花嫁衣装の番になった。ようやくそれを背の高い衣装だんすのサテンにくるまれたハンガーにかけたとき、息詰まる期待は喜びに変わった。

「なんてきれいなんでしょう、セニョリータ」

キャロラインはほほ笑み返し、衣装を選んでいるあいだどこかでコーヒーでも飲んできてちょうだいと店からルイスを追い払ったときのことを思い出した。ルイスは文句を言いながらも出ていったが、彼を喜ばせるために自分で衣装を選びたいという花嫁の考えが、内心はうれしかったのではないだろうかという気がする。

「恋人はいるの？」

若いメイドは頬を赤らめた。「いいえ。でもいつかそんな人ができたら、こういう衣装を着て結婚式を挙げたいと思っています」

アブリルは優雅なレースにそっと指先を走らせている。遅ればせながら、キャロラインの頭に今まで考えもしなかったことがふいに浮かんだ。ここには着替えを手伝い、喜びを分かちあうのはおろか、結婚の立会人として付き添ってくれる友人さえいない。

こまかいことに配慮が行き届くルイス・バスケスも、小さいけれど重要なこの事実を見落としていたようだ。

「アブリル……」キャロラインはおもむろにきりだした。「その、手伝ってもらえるかしら、わたしにとってとても大事なことなんだけど」

「もちろんです、セニョリータ」

「式にまにあうようにあなたのドレスを、きれいなドレスをとり寄せることができたら、花嫁の付き添いになってもらえるかしら？」

哀れな娘は言葉を失った。怖がらせてしまったのだろうか。そう思いはじめたとき、アブリルがつぶやいた。

「まあ、セニョリータ、本気でおっしゃっているんでしょうか？」

優しい目がぱっと輝いたのを見て、キャロラインもほほ笑んだ。「ええ、本気よ。あなたも知っているでしょうけど、ここではわたし、ひとりぼっちなの。家族も友人もみんなイギリスなんですもの。父は列席することになっているけど、ほかには誰もいないのよ。この村の人がひとりでもわたしのそばに立ってくれたら、すてきだと思わない？」

「とても名誉なことです。でも、お返事する前にコンスエラ奥さまにお許しをいただかないと」

「もちろん」あなたが本当に許しを得なければならないのはルイスなのよ。ひそかにそう思ったが、言うのは控えた。「わたしから頼んでみるわ。今行ってくるわね。あなたはここをお願い、ね？」

アブリルはほっとした表情を見せた。

鉄は熱いうちに打てと言うもの。キャロラインは気持ちを引きしめ、ルイスの伯母を捜しに行った。

コンスエラは応接間の窓辺に立ち、庭を見つめていた。ルイスの母親の人生を破滅させた張本人とわかっていても、悲しげで寂しそうなその姿に、キャロラインは胸を突かれた。

「伯母さま……」

物思いに沈むコンスエラは部屋に入ってきたキャロラインの足音に気づいていなかった。だが、呼ばれて振り向いたときには、いつもの落ち着き払った表情に戻っていた。

「ちょっとご相談したいことがあるんですが、よろしいでしょうか」要求を相談に変えた理由はあまりよくわからない。コンスエラの表情が、心の痛みを隠しているときのルイスに少し似ていたからではないだろうか。

「わたしでお役に立つのなら、喜んで」

キャロラインの説明を聞いたコンスエラが一瞬寂しそうにほほ笑んだときは、それまでが無表情だっただけによけい驚いた。

「あなたはいい人ね、セニョリータ。あなたのように思いやりのある人にあとを託してここを出ていけることがわかって、ほっとしましたよ」

「ご存じでしょうが、ルイスも気にかけています」キャロラインはすぐさま防御の態勢をとった。コンスエラが同意するとは夢にも思っていなかったので、裏の意味を探るつもりだったのだ。

伯爵夫人の笑顔が苦笑に変わった。「わかっています。それから、アブリルを花嫁の付き添いにするのはいい考えです。村の人たちも喜ぶでしょう。新しい役割が果たせるよう、いつもの仕事は休みなさいと、あの子に伝えてください」

そのあいだあなたは何をなさるんですか、とキャロラインはきいてみたかった。長年自分の家だったこの城の暗闇《くらやみ》にまぎれるおつもりですか、と。

「ここを出たあと、何をなさるおつもりですか？」

伯爵夫人はまた苦笑した。「つまり、わたしはルイスに追い払われるのね」

キャロラインは愕然《がくぜん》とした。自分はなんてことを言ってしまったのだろう。「さあ、どうでしょうか。ルイスは家族のことは何も話してくれませんから」

「そうでしょうね」伯爵夫人はまた窓のほうを向いた。誰が見ても、これは退去の催促だ。

キャロラインは何も言わず、そっと部屋を出た。それからビトを捜しに行った。彼は庭にいた。赤と白の縞《しま》模様の日よけに覆われたダンスフロアになるらしい木の床から全体を見渡している。

「ビト、ルイスのヘリコプターを使っちゃいけないかしら？」

「なんのためですか？　何かあったんですか？」

「何もないわ」キャロラインは安心させるように言ったが、こうして話をしているときでさえ、ビトの目は四方八方にそそがれている。「わたしの代わりにお使いをしてもらうためよ」キャロラインは説明を続けた。

ルイスのヘリコプターで父が到着したのは、婚礼の朝だった。機内から出てくる父の姿を見て、キャロラインは日差しの降りそそぐ野外に駆けだし、芝生の途中で出迎えた。

「ああ、パパ」キャロラインはすすり泣いた。「よくもわたしを置いて帰国できたものね」

「そう大騒ぎするな、キャロライン。わたしは元気だよ」

「ちっとも元気そうじゃないわ」どう見ても前より老けこみ、痩《や》せている。キャロラインは悲しそうにため息をついた。

「ちょっとしたものだな、ここは」父はさりげなく話題を変えた。「山を越えたときは、あまりのすばらしさに息をのんだよ。ルイスがこの城の相続人になったのは七年前だと知っていたか？」

「いいえ」キャロラインは父の目をとらえようとした。だが父は腕の長さぶんだけ体を離し、目を合わせようとしない。「たとえ知っていても、彼に対するわたしの気持ちは変わらなかったと思うわ。お願い、パパ、わたしを見て」ようやく父が目を向けた。そこには罪の意識と恥じらい、苦痛があった。彼女は涙で目を潤ませ、声を詰まらせた。「ああ、愛しているわ。本当に心配したのよ」

さすがの父もこれには警戒を解き、荒々しいため息とともに娘をひしと抱き寄せた。「ルイスはどうだ？　彼を愛しているのか？」

「ええ、第二の皮膚のように。パパも知っていたでしょう、わたしがずっと彼を愛していたことは」

「知っていたさ。それなのに、こんなひどい状況におまえを追いこんでしまって、申し訳なく思っているよ」

「ひどくなんかないわ」半信半疑の父の表情を見て、キャロラインは繰り返した。「全然ひどくなんかないわ。わたしはルイスを愛しているの、ずっとあの人と結婚したかったんですもの」

「しかも、生け贄《いにえ》のように皿にのせてさしだされるわけではない」

「わたしは生け贄じゃないわ！　それともパパは、ルイスのほうはわたしを愛してなどいないと言いたいの？　もしそうなら、今すぐ帰ってちょうだい」

「そんなことは言ってないさ」彼はまたため息をついた。「なんてことだ。彼はおまえを手に入れるためにどんなことでもしてきた。二度までもな」

二度までも？　キャロラインは背筋に冷たいものを感じた。「それ、どういう意味？」

「なんでもない」父はあわてて目をそらし、城の正面玄関のほうを見て、驚きの表情になった。「あの男はここで何をしているんだ？　ルイスと知り合いだとはひと言も言わなかったのに」

ひと言も言わなかった……。心のなかでつぶやきながら、キャロラインはフェリペを見つめた。ようやく話のつじつまが合ってきた。知らず知らずのうちにルイスの情報を流していたのは実の父だったのだ。

ああ、パパ。キャロラインはため息をつき、フェリペと話しに行こうとする父を引き止めた。「彼には気をつけて。めったなことを言っちゃだめよ。さもないと後ろから弾が飛んでくるわ」

「どうして？　あの男は何者なんだ？」

「母親が違うルイスの弟よ。遺産を相続するのは自分だと思っているの」

娘同様、サー・エドワードもどうやら事態がのみこめたらしい。彼は小さく罵声《ばせい》をあげた。

そのときヘリコプターが離陸し、回転翼の轟音《ごうおん》で何を言っても聞こえなくなった。ヘリコプターが地上のものをなぎ払っている時間を利用して、父はなんらかの結論に達したようだ。

「どこか二人きりで話せるところへ行こう。おまえに言っておきたいことがある」

キャロラインはルイスと話がしたかった。どうしてもその必要があった。だがフルスピードで転がりだした婚礼は止めようがなく、ルイスはすでに村の中央の小さな教会で花嫁を待っている。到着したばかりのサー・エドワードとバスケス一族もそろって式に立ち会うはずだ。

「まあ、なんておきれいなんでしょう」アブリルの声に、キャロラインはわれに返り、目の前の鏡にじっと見入った。

象牙《ぞうげ》色のくるぶし丈の花嫁衣装は、自分でもはっとするほど美しい。コルセットのような身ごろは胸のふくらみまで深くくれ、クリーム色の肌をのぞかせている。肩から少し下がった袖《そで》は、教会の通路を花婿に向かって一歩踏みだそうとする花嫁の清楚《せいそ》な美しさを引きだすにはまたとないデザインだ。

あとは、精巧なダイヤモンドのティアラで床まで届くベールを固定すればいい。全体の印象はシンプルそのもの、それがキャロラインの流儀だ。何をするときもシンプルを心がけている。

結婚式も例外ではない。

鏡のなかのアメジスト色の目を見つめてキャロラインは自分に語りかけた。あなたはついにルイスと結婚するのよ。

それにしても彼はどうして結婚する気になったのかしら。七年前、あんなにひどい誤解をされたのに。

きみと結婚したいと言われたことはない。結婚する相手が必要だと言われただけだ。この数日、幸せな結婚だと信じるふりをしてきたけれど、いったん父親の遺言の法的な条件を満たしたら、捨てるつもりなのかもしれない。

完璧《かんぺき》な復讐《ふくしゅう》？　七年前わたしが彼を残して立ち

去ったように、今度はわたしを残して立ち去るのだろうか？

彼ならやりかねない。キャロラインはふいに蠍《さそり》を思い出した。蠍は今、目の前にいる。いつでも一撃できる体勢でゆっくりと鏡を這《は》いおりている。

「セニョリータ？」アブリルが心配そうに呼びかけた。「震えておいでですね。怖いんですか？　お願いですから、怖がらないでください。伯爵《エル・コンデ》さまはいい方です。この村の人たちはみんなそう言っています。あの方を見ていると、おじいさまのドン・アンヘルスを思い出すって。ドン・アンヘルスもいい方でした。とてもお強い方でした」

「わたしなら大丈夫よ」キャロラインはなんとか声を出した。「ただちょっと……」またしても震えが走る。まばたきして、自分の傍らに控えている純白の清楚なドレスに身を包んだ花嫁付き添いの娘を見た。真っ黒な髪に黒い目、オリーブ色の肌。本当に魅力的だ。「心配ないわ」キャロラインはにっこりほほ笑んでみせた。

安心したらしく、アブリルが小さな象牙色のばらのブーケをさしだした。ほんの一時間前に彼女が自分で庭から切りとってブーケに仕上げたものだ。

一階に下りていくと、大広間を落ち着きなく歩きまわっていた父が動きを止めた。「やあ、キャロライン」それ以上、言葉は必要なかった。目を見れば気持ちは通じた。

運転手がビトでなかったのには驚いたが、父の腕に手を預けて教会に入ったとき、その理由がわかった。

ビトは花婿に付き添っていた。黒いタキシードを着たルイスは頭をたれ、広い肩に緊張感を漂わせて立っている。キャロラインはほっとして涙が出そうになった。緊張感は、この瞬間が彼にとって重要であること、つまりキャロラインが大事であることを意味していたからだ。

人々が振り返り、花嫁の美しさにどよめいた。その声にルイスが顔を上げた。長い式のあいだ、キャロラインがおぼえていたのはそこまでだった。生涯をともにしたいと思う女性でなければ、彼はあんな表情をしなかっただろう。しかも父親から花嫁を託されたとき、彼の手はかすかに震えてさえいた。

しんと静まり返った息詰まる雰囲気のなかで誓いの言葉を交わしたあと、驚いたことに、ルイスが薬指にひとつではなく二つ指輪をすべらせた。美しい模様が刻みこまれた金の結婚指輪と、シンプルだけれどみごとなダイヤの指輪だった。キャロラインの目に涙があふれた。

それはただの婚約指輪ではなく、彼女の母親の形見だった。涙に気づいて、ルイスが言った。「泣かないで……」

式を終え、明るい日差しのなかに出た二人は、村人たちの熱い祝福に迎えられた。キャロラインはルイスに寄り添い、頬を染めてほほ笑んだ。小柄なアブリルのそばにビトがそびえ立っている。父はどちらかというと憂鬱《ゆううつ》そうで引きつった表情をしている。コンスエラは冷静な顔でまっすぐに立ち、自ら選択した運命に殉じるかのようにすべてが冷酷に終わりを告げるのを見守っている。

しかし、フェリペの姿はどこにもない。彼は披露宴にも現れなかった。

キャロラインの手はルイスの手から離れることを許されず、披露宴の席に着いてからも、指をからませたままテーブルの上に置かれ、食事は片手でするしかなかった。

「母の指輪をありがとう。どうしてこんなことを思いついたの？」

「ぼくの母の指輪ならなおよかったんだが、母は指輪を持ったことがなかった。次善の策として、きみのお父さんにお母さんの指輪をお願いしたら、きみの指に合うよう調整して、マルベーリャに持参してくださったんだ」

「ありがとう。おかげで式が完璧になったわ」

「いや。すべてを完璧にしたのはきみ自身だよ」ルイスは彼女の目をとらえ、そっとキスをした。

披露宴が終わって外に出ると、すでに日は暮れていた。点滅する豆電球が庭を照らしている。仮設のダンスフロアで小編成のバンドがワルツを演奏しはじめたのに合わせて、ルイスが花嫁を引き寄せた。結婚以来、これほどぴたりと抱きあったのは初めてだ。二人のあいだにめくるめく火花が散った。

「とてもきれいだ。教会でぼくに向かって歩いてくるきみを見たときは胸がうずいた」

キャロラインは天にものぼる気持ちで彼を見つめたが、さっき感じたことを思い出してかすかに青ざめた。もっと重要なのはそう感じた理由だ。「パパと話をしたの。七年前本当は何があったのか、全部話してくれたわ。わたし……」

その瞬間、自分を抱く男性がまったくの別人になった。ルイスは険しい顔をしている。

「ルイス……」

「いや、お父さんに怒っているんだ。きみには何も言わない約束だったのに。しかも、よりによって結婚式の日にその話を持ちだすとは」

「でも、あなたは父から一ポンドもとりあげていなかった。それだけは言わせて。夜ごとわたしをベッドに残して父と勝負をしに行ったのは、ほかの人と勝負させないためだったのね。あなたは父を危険から遠ざける役目を自ら引き受けたんだわ。ああ、どんなに感謝しているか」

ルイスの顔には血の気がなく、唇が引き結ばれている。「感謝する必要はないよ」

「だけど謝らせて」罪の意識にさいなまれ、彼の腕のなかで急に体が震えだした。「あなたを愛していたんですもの、父から大金を奪うような人ではないと気づくべきだったわ。父の嘘《うそ》にはさんざん泣かされてきたはずなのに、あなたより父を信じるなんて。一生許してもらえなくても文句は言えないわ」

「やめろ、キャロライン。やめないと怒るぞ」彼は警告した。だがすでに怒っていた。

「パパはあなたに数千ポンドも巻きあげられたと言ったけど、本当は逆だったのね。だから先週、あなたとの勝負に乗り気だったんだわ。本気で信じていたのよ、また勝てるって」

鋭い一撃を浴びたようにルイスがひるんだ。

「ああ、あなたを困らせるつもりで言ったんじゃないのよ」キャロラインは申し訳なさそうに、引きつった彼の頬に手をあてた。「ルイス……」

「そのことについて話しあう気はない。これからも。わかったね？」ルイスは彼女の手を振りほどき、くるりと向きを変えて行ってしまった。

ちょうどそのとき、音楽が終わったのは幸運だった。さすがルイス、みごとなタイミングだ。

その後はフィデル医師を皮切りに、次々と親戚の男性のダンスにつきあわされた。しばらくしてキャロラインはようやくダンス会場を抜けだし、ルイスを捜しに行った。豆電球の明かりの向こう側は真っ暗で、城だけが煌々《こうこう》と照らしだされている。

彼は庭にいなかったので、城内を捜そうと大広間を横切っているとき、ウエイターのひとりが丁寧にお辞儀をして言った。「失礼いたします、伯爵夫人《ラ・コンデサ》。伯爵《エル・コンデ》さまから言づてを申しつかっております」

ああ、よかった。「彼はどこなの？」

「車のなかでお待ちです。塀のすぐ外に止まっております」

車ですって？　また誘拐してどこかへ連れだすつもり？

ずらりと並ぶ車は黒い固まりにしか見えなかったが、エンジンがかかっているのは一台だけだったのですぐにわかった。運転席にルイスの黒い影が見える。キャロラインは助手席のドアを開け、すべるように乗りこんだ。

「人目をしのぶ逢瀬《おうせ》なんてわくわくするわ」冗談を言いながらドレスの裾《すそ》を車内にたくし入れる。「でももうこんなまねをする必要はないでしょう。だって……」エンジンが猛烈なうなりをあげ、車がすごい勢いで飛びだした。「わたし……」

言葉がとぎれる。心臓が止まりそうになり、吐き気がこみあげてきた。なんとかドアの取っ手に手をのばしたとき、運転席でかちっと音がしてドアがロックされ、フェリペが物憂い笑みを浮かべた。

「これがわが家の伝統だ……」

11

キャロラインはとっさに周囲を見まわし、車が猛スピードで発進するところを見ている人がいないかどうか確かめた。だが塀のこちら側には誰もいない。車は加速しながら村に向かっている。

「ばかなことはやめて、フェリペ。こんなことをしても得るものは何もないわ」キャロラインはパニックに陥りそうな自分をなんとか抑えた。

「満足感が得られる」フェリペは右に急ハンドルを切り、村を通る道路ではなく、果樹園の畝のあいだをすごい勢いで飛ばしていく。

まさに髪が逆立つ思いとはこのことだ。キャロラインはドアの取っ手にしがみつき、木の枝が車にぶつかるたびに縮みあがった。

　また急ハンドルが切られた。車は谷の縁に沿った道を走り、ほんの数秒ほど村の周辺をまわってから、段々畑のあいだをのぼりはじめた。胸が激しく鼓動し、手も震えていたが、キャロラインはとにかくシートベルトにすがるしかなかった。

「どうかしてるわ」

　フェリペは肩をすくめた。狭い急カーブを猛スピードでまわりきったところは、谷全体が見晴らせる場所だった。真っ暗な背景に鮮やかに浮かびあがる城や、ダンスフロアで踊っている人たち、その周辺でおしゃべりを楽しむ人の輪が見える。キャロラインはルイスを目で捜した。そのとき車がまた急カーブを曲がり、正反対の方向に向かった。

　次のつづら折りを曲がるころには、城ははるか下に遠ざかっていた。それからもう二つ急なカーブを曲がれば、例の難所、つまり山間《やまあい》を抜けるあの危険な小道に出る。

　正気とは思えない男が猛スピードで運転する車で、眼下に深い谷を見下ろす断崖《だんがい》の上を走るの？　とんでもない！

「車を止めて、フェリペ。あなたの気がすむなら、わたしがおびえていることを認めるわ。でも今はとにかく車を止めて、降ろしてちょうだい」

「そのドレスと靴で歩いて帰るとでも？」

「必要ならそうするわ」

　タイヤをきしませて車がまた急カーブを曲がった瞬間、目の前に真っ暗な壁のようなものが見えた。キャロラインは命からがら座席にしがみつき、悲鳴をあげた。

　彼はまっすぐ例の難所に向かっているのだと気づくまで、せりあがった心臓が喉にひっかかっているような気分だった。

「そろそろわたしが消えたことに気づいて、ルイスが追ってくるころだわ。山をのぼる車のライトに彼が気づかないとでも思うの？　降ろしてちょうだい。そうすれば逃げるチャンスもあるでしょうけど、このまま車を走らせたら、ルイスに追いつかれてきっとあなたは殺されるわ！」

「うろたえはじめたな」フェリペはにやりとし、また急ハンドルを切った。

あまりの荒っぽさに、彼の肩にいやというほどぶつかったが、キャロラインはなんとか体勢を立て直した。両側にそびえる黒い壁のあいだにきらめく星が見えた。ついに例の難所にさしかかったのだ。

「フェリペ！　車を止めて！」

キャロラインは必死で叫んだ。しかしフェリペは無視している。いったい何が彼をこんな行動にかりたてているのだろう。

「谷底でほかならぬ自分の車の残骸《ざんがい》のなかにきみを発見したルイスの顔は、さぞ見ものだろうな」キャロラインの青ざめた顔を見て、彼は笑った。「でもぼくはそこまで貪欲《どんよく》ではない。やつに復讐《ふくしゅう》するにはぼくの考えた計画のほうがずっといい」

「い、いったいなんの話をしているの？」

「きみは知っているはずだ。古い貴族のしきたりを知り抜いた階級の出だからね。ぼくを城の正当な所有者だと思うだけで、すべては胸躍る経験になるはずだ。婚礼の夜、結婚相手の小作人ではなく、城主のベッドに横たわる花嫁」

「ルイスは小作人じゃないわ。それに、わたしがルイス以外の男性とベッドをともにすると思ったら、とんだ誤解よ」

「つまり、あの婚外子を愛しているふりをしているわけだ。なぜ？　目を閉じて、ニューヨークのならず者ではなく伯爵《エル・コンデ》を思い浮かべれば、体を許すのが楽だから？」

「ふりをする必要なんかないわ。本当にルイスを愛しているんですもの。ねえ、道路から目を離さないで」何が待ち受けているかわからない急カーブを猛スピードで曲がるフェリペに、キャロラインは絞りだすような声で言った。

「心配いらない。この道は十代のときから運転しているんだから。ここからコルドバまで、どこにカーブやくぼみがあるか、知りつくしているさ」

キャロラインにはそれが事実であることを祈るしかなかった。

「やつは結婚とひきかえに、サー・エドワードの借金の帳消しを申し出た。きみが結婚したのはそのためだ。愛情はまったく関係ない」

「結婚したのは、あの人のいない人生なんて考えられなかったからよ」

「嘘《うそ》つきめ。買われたくせに。きみは彼の名前と金を餌《えさ》に、カルロス・バスケスがよその女に産ませた息子に買われたんだ。そして生まれの悪さ、身持ちの悪い母親、巨万の富を手に入れたうさん臭いいきさつなどには目をつぶり、一族の財産を盗んだ男のベッドに身を投げだす気でいる」

「ルイスはあなたから何も盗んでいないわ」

「爵位を盗んだ！　金と城も！　誕生した瞬間からぼくに与えられた権利を盗んだんだ！」

フェリペは激しい怒りをこめてハンドルを拳《こぶし》でたたいた。次のカーブも無事曲がれますように、とキャロラインはひたすら祈った。

「だけど、永遠にこの地を離れる前に、こっちもひとつだけ盗み返してやる。婚礼の夜を。やつはこれからきみを見るたびに、美しい妻を最初に奪ったのが自分ではなくてぼくだと思い知らされるはめになる」

「ルイスとわたしは七年も愛しあってきたのよ！」キャロラインは笑い飛ばした。「すでに彼が手に入れてしまったものを盗むことはできないわ」

「結婚初夜は盗める」

頭が変なんだわ。この人は完全におかしくなっている。「盗んだのはあなたよ、フェリペ。あなたはルイスの異母兄弟でさえないわ。伯爵夫人の座を奪うためにカルロス・バスケスの人生からルイスのお母さまを追いだしたのは、あなたのお母さまよ。妻子ある男性と浮気したという嘘をでっちあげて、そのとき身ごもっていた実の妹さんのセリーナをアメリカへ追いやったのよ」

「嘘だ！」

車は不安定によろめきながら猛スピードで走っている。フェリペを刺激してはだめ。なんとか無事に山を下りなければ。キャロラインは自分に言い聞かせた。

それなのに、日記を読んで以来胸に秘めてきたバスケス家の恐ろしい真実が、堰《せき》を切ったようにほとばしり出てくる。

「数カ月後にあなたのお母さまがカルロス・バスケスの妻の座におさまったとき、おなかには愛人とのあいだにできた命が芽生えていた、それがあなたよ。あなたの本当のお父さまは、カルロスの親友だった。あなたが生まれた朝、自分を見る親友の目を見てカルロスにはわかったらしいの。あなたのお母さまがわが身の安泰を図るために実の妹さんを犠牲にしたことも、自分がだまされ、利用され、裏切られたことも。その日からルイスがカルロスの相続人になったのよ。カルロスは、あなたに相続人だと思わせるようなことは一度もおっしゃらなかったはずだけど」

「どうして知ってるんだ？」フェリペは初めて、自分自身のついた嘘に喉を詰まらせた。

「カルロス自身からよ。彼は日記を書いてらしたの。セリーナと実の息子を捜すために費やした年月のことが書かれていたわ。それに、事実はすべてあなたに話してあるということも」

「あいつなんか大嫌いだ。ぼくが愛されたがっていたことはわかるはずなのに、見たこともない息子を哀れんで、ぼくの三十四年の人生を無駄にしやがった」

「あなたをそんな目にあわせたお父さまは間違っているわ。だからといって、今こんなまねをしていいはずはないでしょう？」

これで正気をとり戻して城に連れ帰ってくれるかもしれないと期待したが、フェリペは魂を悪魔に乗っとられたかのように罵声《ばせい》を発し、ものすごいスピードでまたカーブを曲がった。ヘッドライトが何もない暗闇《くらやみ》を照らしだしたとき、あまりの恐怖に悲鳴さえ凍りついた。

だが車輪が深いくぼみにはまり、フェリペがののしりながら必死にハンドルと格闘しはじめると、さすがにキャロラインの喉から金切り声がほとばしり出た。

このままでは死ぬ！　崖《がけ》から真っ逆さまに転落して、死体さえ見つからないかもしれない。そんな恐怖にかられ、キャロラインは夢中でハンドブレーキをつかみ、力いっぱい引いた。タイヤをきしませ、よろめきながら横すべりする車のなかで、恐怖に見開いた彼女の目の前に、断崖がみるみる迫ってくる。

そのとき、車が何か固いものにぶつかった。道路の縁石だったかもしれない。車がふらふらとバックしはじめ、ようやくこれで止まると思ったとき、また何かにぶつかった。車はうめき声をあげ、ゆっくりと横転した。

ショックでぼんやりしたまま、キャロラインは座りこんでいた。やがて頭がずきずきしてきた。こめかみのうずく部分をそっと撫《な》でた瞬間、胸が悪くなるような記憶がよみがえってきた。どうやら頭を打ってしばらく失神していたらしい。

彼女は驚いてフェリペのほうを見た。彼は完全に意識を失っているようだ。ハンドルに突っ伏しているけれど、車が横転しているので、体はキャロラインの横ではなく少し下にある。

おそるおそる手をのばして首筋にそっとさわってみる。指先に脈が感じられた。「ああ、神さま」キャロラインは安堵《あんど》のため息をもらし、目を閉じた。

ここはどこかしら。崖までどのくらいあるの？これからどうしよう。

車のヘッドライトはついたままだった。彼女は慎重に身を乗りだし、フロントガラスから外をのぞいた。ガラスがこなごなになっていないのが不思議なくらいだ。光のなかに道路が浮かびあがり、右側のかなり先に断崖の端が見える。

どうやら車は山側の溝のなかに転がっているらしい。それがわかったときは心底ほっとし、しばらく座席にもたれかかって呼吸を整えた。

それから外に出ようとして、フェリペがドアをロックしたことを思い出した。どこかに引くか押すかできるものがあるはず。彼女は真っ黒な金属と革をまさぐった。その手に何かが触れた。それを引くと、かちっと音がしてロックが解除された。

次にシートベルトをはずしたが、そのあとがややこしかった。よじのぼって外に這《は》い出るまで、ドアを開けておかなければならないし、ドレスが何かにひっかかっている。悪戦苦闘しているうちにドレスは破れ、靴も脱げた。それでもどうにか車から這いだし、どさりと路上に落ちた。キャロラインはそのまま呼吸が落ち着くのを待った。

あたりは静まり返り、ひどく気味が悪い。震えが止まらないのは、山の寒さのせいだけではなく、ショックのせいだ。

こんな目にあって震えない人がいるかしら。そう思うと笑みが浮かんだ。おかげで少し気分がよくなった。キャロラインは裸足《はだし》でよろよろと立ちあがり、まわりをじっくり眺めた。

フェリペには助けが必要だ。まずそのことが頭に浮かんだ。でも助けを呼ぶにはかなり先まで行くか、来た道を七、八キロ戻るしかない。ここにいて救援が来るのを待つほうがよさそうだ。おそらく今ごろは、わたしがいなくなったことに誰かが、いや、ルイスが気づいているに違いない。

そのとき音が聞こえてきた。小さいけれど、車のエンジン音だとわかる。ときにはっきりと、ときに薄れながら、曲がりくねった山道をしだいに近づいてくる。

キャロラインはほっとし、横転した車のそばに座りこんだ。痛む頭を両膝にうずめ、震える手で頭を抱える。

ルイスが捜しに来てくれた。彼以外の誰かであるはずがない。フェリペもばかなことをしたものだ。ルイスに追いかけられることなく、彼の花嫁を誘拐できると思うなんて。ロス・アミノスに向かう道路はどっちみち、もう封鎖されているだろう。

そんなことを思っている間にも、車はどんどん近づいてくる。カーブやコーナーをまわる音ばかりか、ギアチェンジやブレーキの音、ゆっくりと加速し、スムーズに減速する音まで聞こえる。

それでも、最後の急カーブを曲がって車が姿を現したときは、心臓がどきっとした。見慣れない車が三メートルほど手前で止まった。

だがすぐにドアは開かなかった。ルイスはヘッドライトのなかにキャロラインの姿を捜していた。

ようやく車からすらりと引きしまった彼の体が現れたが、見上げるキャロラインの目に彼の顔は見えなかった。ルイスは彼女の手前で立ち止まり、まわりを見渡した。蟻《あり》が落ち葉を動かす音さえ聞こえるほどの静けさだ。紺色の布に星をちりばめたような夜空。警護の巨人のようにそそり立つ山々。

「フェリペはどこだ？」それが彼の第一声だった。

「車のなかで意識を失っているわ」

ルイスはうなずき、フェリペには目もくれずに黙って指を鳴らした。車のドアがいっせいに開き、三人の男が出てきた。そのうちのひとりはビトだとわかった。

「フェリペを頼む」

キャロラインはルイスの腕に抱きあげられ、彼が乗ってきた車に向かった。美しい花嫁衣装は破れて泥まみれだし、レースのベールは土の道に引きずられて、われながら無惨な姿だ。

開けっ放しになった助手席のドアのそばまで来たとき、彼女は勇気を奮い起こしてルイスの顔を見た。涙がこみあげてくる。「やめて。そんなふうにわたしを締めださないで」

ルイスは何も言わずにキャロラインを助手席に乗せ、運転席に乗りこんだ。エンジンをかけて山を下りはじめたが、道が狭すぎて、方向転換するのは無理だった。

横転したＢＭＷの傍らを通りすぎるとき、ビトが怪力を発揮して車からフェリペを引っ張りだしているのが見えた。だが、道路に寝かせたフェリペのけがを調べるビトの手つきは優しかった。

かなり先の、道路が幾分広くなったところでルイスは車を方向転換させ、来た道を戻った。ＢＭＷのそばまで来ると、後ろに別の車が止まっていた。そこにフェリペが頭を抱えて弱々しくもたれかかっている。男たちは横転した車を安全なところに移動させようとしていた。

「フェリペはけがしているのよ。あの人たち、フェリペにひどいことをしないわよね？」キャロラインは心配そうにきいた。

「ああ」

短い返事でも、キャロラインはほっとした。彼女が震えているのに気づいて、ルイスが暖房を入れた。寒さのせいではなくショックで震えていたのだが、ルイスもそれに気づいているはずだった。

「きみを車に誘いだすために、フェリペがばかなウエイターに自分を伯爵だと思いこませたらしいな。それから何があった？」

キャロラインは正直に話した。車があんな形で停止したのは自分のせいだと。ただ、ルイスの父親のことでフェリペとひどい言い争いになったのは黙っていた。

やがて車は村に戻ってきた。村人たちが全員外に出ている。最初にここを通りすぎたときが思い出される。あのときは人々の顔に好奇心しかなかったが、今は心配そうな表情が浮かんでいる。キャロラインは手を振ってほほ笑みながらも、涙があふれそうで困った。

城に帰っても、ネプチューン像のまわりに集まった人たちが心配顔で待っていた。

車を降りたルイスは、助手席側にまわってキャロラインを抱きあげた。無惨なドレスと花嫁の蒼白《そうはく》な顔を見て、人々のあいだから声がもれた。

前に進み出て娘の手をとった父はひどい顔をしていた。キャロラインは安心させるようにほほ笑みかけた。「わたしは大丈夫よ」

「そうは見えない」

「本当に大丈夫だから」

「それでも、わたしが一緒に行ったほうがよさそうだ」ルイスの伯父フィデルだった。彼はルイスと歩調を合わせて歩きだした。

手を握りしめて放そうとしない父と四人で大広間に入ったとき、キャロラインの目に飛びこんできたのは、宴会用テーブルのそばに立つコンスエラだった。顔は大理石のように青ざめている。

「ルイス、下ろして」

ためらうルイスになおも頼み、ようやく冷たい石の床に下ろされたキャロラインは、まっすぐコンスエラに近づき、悲しげに抱きしめた。

コンスエラの体に緊張が走った。拒絶されるのかと思ったが、抱かれることに慣れていなかったからに違いない。実の妹にした仕打ちを考えれば、罰を受けるのは当然だけれど、長きにわたる愛のない不毛な結婚生活で代償はすでに払ったはずだ。

「フェリペのことなら心配いりません。ルイスの部下が世話をしていますから」コンスエラだけに聞こえるよう、キャロラインはささやいた。

「あの子がこんなまねをするなんて」

「フェリペは悲嘆に暮れているんです。悲しくて当然ですわ」

コンスエラはキャロラインの顔を見つめ、そのとおりだというようにため息をついた。「神父《パードレ》さまから日記を受けとったのね？」

キャロラインがうなずくと、コンスエラもうなずいた。それだけで気持ちは通じた。キャロラインがあの日記を読んだからには、ニューヨークのスラムで育ったルイス同様、フェリペも決して幸せではなかったことがわかってもらえたと、コンスエラは思ったのだ。自分を忌み嫌う〝父〟と精神的な監獄に閉じこもる母とともにこの城で暮らしてきたフェリペの境遇を。

「今夜あの子と城を出ます」

「その必要はありませんわ。ここはあなたとフェリペの家ですもの。わたしたち、一緒にここで暮らせないかしら」

「いいえ。ここを出ていけて、むしろうれしいくらいです」コンスエラは重いため息をついた。「もっと早く、自分たちの力で暮らすべきだったわ」

いろいろなことを考えれば、そのとおりだと思う。

少なくともフェリペは出ていくべきだろう。苦しみを忘れるにはそうするしかないのだから。

外で車の止まる音が聞こえた。もう一台の車で男たちが帰ってきたようだ。とっさにキャロラインは思った。フェリペが入ってくる前に、ルイスをここから連れださなければ。

彼女はコンスエラから手を離し、ルイスを振り返った。彼はとても大きく、いかめしい顔をしていた。キャロラインはルイスのもとへ戻り、衝動的にフィデルに顔を向けて言った。「わたしよりフェリペのほうがあなたの助けを必要としています」

フィデルは一瞬反論しそうになったが、ルイスを見て思い直し、うなずいた。

次にキャロラインは父を抱きしめ、キスして静かに言った。「じゃあ、また明日ね」父はわかってくれたようだ。

彼は、手と手をとりあって夫と階段を上がっていく娘の後ろ姿を静かに見守った。

ルイスが花嫁を連れていったのは、もとの部屋ではなく、大きくて豪華な城主の寝室だった。重厚なバロック調の家具に、時代物の美術工芸品が飾られている。ドアが閉まった瞬間、キャロラインはへなへなと椅子に崩れ落ちた。

ルイスは何も言わずにバスルームへ入っていった。水の流れる音が聞こえてくる。

戻ってきたルイスは、両手に顔をうずめて座りこんでいるキャロラインを見て、ティアラとベールをはずし、両腕に抱きあげた。

「男らしいのね」

重苦しい雰囲気をやわらげたくてそう言ったのだが、ルイスはにこりともしなかった。妻をバスルームに運び、後ろ向きに立たせて、ドレスを脱がせはじめた。

「黙ってないで。ルイスったら!」すべり落ちそうになったドレスを胸があらわになる直前に押さえて、キャロラインは向き直った。

　夫の目は熱く燃えていた。今まで抑えつけてきた激しい怒りがほとばしった、と思った瞬間、キャロラインは抱きしめられ、はっとするまもなく二人の唇が同じ高さになるまで抱きあげられた。

　それは今までとは比べものにならない、激しいばかりか、奪いつくすキスだった。キャロラインはほっそりした腕をルイスの首にからませた。ドレスが落ちようとも、もう気にならなかった。頭がうずき、足が痛み、夫の激しい抱擁に骨が砕けそうだったが、それも気にならなかった。

「愛してるわ。心から愛しているのよ。だから、わたしの前から姿を隠さないで！」

「そうしなければ、きみを食べてしまいたくなる」

　またキスが始まり、それ以上話はさせてもらえなかった。話より大事なことがあったから。彼の腰にまわした両脚を背後で組んだとき、長いドレスが衣《きぬ》ずれの音をたてた。彼の髪をまさぐりながら、親指でこわばった顎を愛撫《あいぶ》すると、ルイスはたまりかねてうめき声をあげ、寝室に向かった。

「お湯が……」キャロラインは彼に思い出させた。

　ルイスはかすれたうめき声を発して方向は変えたものの、キスをやめようとはせず、蛇口を閉めるときも妻を放そうとしなかった。上気した頬、潤んだ目、かろうじてウエストにとどまったドレスからのぞいているクリーム色の胸のふくらみ。夫の愛撫を待ちかねる新妻の風情は、なんともいえず欲望をそそる。

　ルイスは寝室に戻り、オーク材の床に敷かれた高価なインド製の絨毯《じゅうたん》を踏みしめ、小島ほどもある大きなベッドにたどり着いた。純白のシーツを、ひどく退廃的な赤と濃い金色の紋織りのベッドカバーが覆っている。

ルイスがドレスを脱がせはじめた。新妻の服を脱がせるのは夫の仕事だ。キャロラインは彼のなすがままで身じろぎもしなかった。

階下では、主役のいないパーティが続いている。そして、城のどこかで別の二人が荷造りを始めていることだろう。

「ルイス……」かなりたってからキャロラインはためらいがちにきりだした。彼と抱きあったままベッドに横たわっていた。「話をしてもいい？　フェリペのことで」

ルイスの体がこわばり、顎に力が入る。「どうしても必要なら」

「あなたがフェリペとコンスエラを嫌う気持ちはよくわかるし、今夜の彼の行動がひどかったのも事実よ。でも、お母さまのことでコンスエラがお父さまをだましたのも、あなたが惨めな子供時代を送ったのも、フェリペの罪じゃないわ。あの人はあなたの血を分けた従弟《いとこ》よ。彼もつらい子供時代を過ごしたことをわかってあげてほしいの。あなたの影におびえながら、実の妹さんにひどいことをした自分が許せないコンスエラと、生まれたときから受け入れようとしてくれない名ばかりの父親のもとで成長したんですもの。ご自分で書いてらっしゃるように、お父さまが腹を立てられたのは当然よ。あなたのお母さまよりコンスエラを信じたことを悔やみ、自分自身を罰して一生を終えたんですものね。でも、フェリペにその罪を償わせるのは筋違いだわ。だって……」

「どういうことだ、父が何を書いたって？」

「あら！」自分が言ったことに気づいた瞬間、恐ろしさにあえぎ声がもれた。キャロラインは思わず深いため息をもらしたが、正直に打ち明けるのがいちばんだと思い直した。「お父さまは日記を書き残されたの」

ゆっくりと穏やかに、彼女は日記に書いてあったことをすべて彼に話した。

それは今どこにあるのかとルイスにきかれ、キャロラインは場所を教えた。ルイスはベッドを出てローブを羽織り、日記をとりに行った。

日記を読みおわってキャロラインの部屋から戻る途中、ルイスはまさに城を出ようとしていたコンスエラとフェリペに出くわした。二人の陰鬱《いんうつ》な顔を見たとき、石のようだと評されるルイスの胸を何かが突いた。

「フェリペ、話がしたい」

端整な顔に張りついた攻撃的な表情の裏側で激しい葛藤《かっとう》が起こっているのがわかる。やがてフェリペはため息をつき、そっけなくうなずいた。「いつかそのうち」ルイス同様、嘘と苦悩と裏切りはもうたくさんなのだろう。

伯母が青白い顔を上げるのを、ルイスはしかめっ面で見守った。「ごめんなさい」言ったのはそれだけだったが、ルイスには思いが伝わった。それ以上何が言えただろう。

寝室に戻ったとき、花嫁の姿はなかった。彼は日記を乱れたベッドにほうり投げて捜しに行った。彼女はバブルバスにつかっていた。ルイスはすぐさまローブを脱ぎ捨て、タイルの床に勢いよく湯をあふれさせながらバスタブに入り、キャロラインを背後から抱き寄せた。

「フェリペと伯母が出ていくのを見送ってきた」

キャロラインはうなずいた。「伯母さまから聞いたわ、今日出ていくって」

「出ていってほしくなかった。ぼくは二人をここから追いだそうと思ったことはない。家族は家族だから……」

「欠点も含めて？　わかるわ」キャロラインは欠点

だらけの父を思った。「日記は読んだの？」

「ああ。すでに知っていたこともあった。母からも聞いていたし、ようやく連絡がついたとき、父からも聞いた」

「七年前のことね」彼らの失われた年月を思うとため息がもれる。

「ああ。あのときぼくは、傲慢《ごうまん》にもバスケス家の爵位と財産を自分のものと主張するためにスペインに来た。そして、ぼくを非難する女性に巡りあったんだ」

「ごめんなさい」ルイスと娘の仲を引き裂こうとした父のむごい仕打ちを思い、キャロラインは謝った。

「きみのお父さんに、お嬢さんを愛しているので結婚したいと申し出たら、丁重に断られた。きみは娘にふさわしくないってね。あのときはそのとおりだと思った。今もそうだけど」

「でも結局、あなたのものになったわ。あなたと父とフェリペのあいだに大した違いはないのよ。三人とも、自意識が強すぎて正直になれないんだわ」

「フェリペは父とこの城を建てた先祖は似たり寄ったりだと言ったが、まさにそのとおりだ。歴史は繰り返される」

キャロラインはバスタブのなかで体をひねり、ルイスを見て優しく言った。「今回は違うわ。今度の伯爵《コンデ》は思った相手を手に入れたんですもの。めでたしめでたしよ」

黒い瞳が満足げに輝いた。「そうとも、めでたしめでたしだ」ルイスはかすれた声で言い、花嫁にキスを始めた。

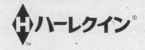

ハーレクイン・ロマンス　2001年10月刊（R-1717）

伯爵家の秘密
2024年6月5日発行

著　者	ミシェル・リード
訳　者	有沢瞳子（ありさわ　とうこ）
発行人	鈴木幸辰
発行所	株式会社ハーパーコリンズ・ジャパン 東京都千代田区大手町1-5-1 電話 04-2951-2000（注文） 0570-008091（読者サービス係）
印刷・製本	大日本印刷株式会社 東京都新宿区市谷加賀町1-1-1

ISBN978-4-596-77658-7 C0297

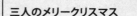

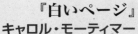

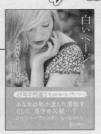

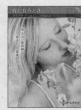

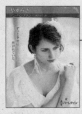

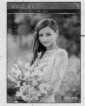